L'Esparver, 70

Christine Nöstlinger

EL DIARI DE JULIA

Traducció de Lourdes Bigorra

Edicions de la Magrana

Consell assessor: *Pep Albanell, Assumpció Lisson, Núria Reynés* i *Lluís Simon*

La traducció d'aquesta obra ha merescut una subvencióí de la Institució de les Lletres Catalanes

Primera edició: març de 1989
Segona edició: octubre de 1990
Tercera edició: juny de 1992
Quarta edició: setembre de 1993
Cinquena edició: juliol de 1995

Disseny de la col·lecció: Pep Trujillo
Il·lustració de la coberta: Montse Ginesta

Títol original: *Oh, du Hölle! Julias Tagebuch*

Apartat de Correus 9487 - 08080 Barcelona

Imprès a Nova-Gràfik, Puigcerdà, 127 - 08019 Barcelona
ISBN: 84-7410-418-1
Dipòsit legal: B. 29.138 - 1995

Dilluns...

Ara per fi se'n van tots i tinc una autèntica rampa a la comissura dels llavis de forçar el somriure durant hores i hores.

Això no hi ha qui ho pagui!

Llavors arriben tots arrossegant els peus i em procuren un bon aniversari. Perquè m'estimen tots taaaaaaaaant. Fins i tot han estat tan amables de fer-me l'honor de fer veure que es porten meravellosament bé els uns amb els altres. Ben bé com si interpretessin «Amor i fantasia». La mama, ni ha recordat al papa que la meva pensió encara està pendent de pagament ni li ha fet observar que amb la quantitat que paga per mi no es podria alimentar com cal ni un *baby*. El papa no ha tirat en cara a la mama que després del divorci va haver de deixar la casa i els mobles i es va quedar com una «gallina plomada».

Les dues àvies han estat també prou amables. Cap no ha fet cap observació maliciosa sobre el fill de l'altra. I els dos avis han estat realment simpàtics l'un amb l'altre. L'avi-mama ha hagut d'escoltar de l'avi-papa un sermó interminable sobre el sofriment d'un assessor fiscal fidel a les lleis. I l'avi-papa s'ha hagut d'empassar una conferència de l'avi-mama sobre l'esport de la pesca i no ha mencionat en cap moment que considera els pescadors els homes més beneits que Déu ha posat sobre la capa de la terra, la qual cosa té encara més mèrit si es considera que a l'avi-papa no li agrada ni menjar peix.

Fins i tot la tia Elfriede ens ha concedit un descans i el seu emprenyador «ratolí» Mutzi (naturalment al seu costat) ha estat suportable. Si la Mutzi-ratolí fos la meva germana, ja faria temps que la tia Elfriede pelegrinaria dos cops per setmana amb un pomet de flors a visitar-me a la tomba. Com a germana seva no podria sobreviure! Un tros de suro com la meva cosina, segur que no n'hi pot haver d'altre. Té un àlbum d'autògrafs! Amb vint-i-set firmes de «persones importants». I es pinta les ungles de color rosa porquet. «Perquè el vermell», ha mormolat, llançant de passada una mirada innocent a les meves ungles vermelles, «és molt vulgar». I estudia dansa clàssica, la vaca! Si li pogués trencar el nas, no li quedaria tan clàssic.

Però avui gairebé no ha parlat gens perquè tota l'estona s'embotia pinso a la boca. Només mirava el papa insistentment amb uns ulls desorbitats. Ho fa sempre. Es veu perfectament quins pensaments hi ha darrere del seu front: Ui! Aquesta és la pinta que té un pare divorciat! Terrible! (I això que tots els membres de la família saben que al seu pare li agradaria divorciar-se de la tia Elfriede i que la tia Elfriede només fa que negar-se a donar-li el consentiment.)

Sigui com sigui, avui tots els que pertanyen a la meva família han estat tranquils i com col·locats per a una fotografia de l'àlbum familiar, asseguts al voltant de la taula del menjador, bevent cafè i te i vi i cervesa i aiguardent i fent desaparèixer el meu pastís d'aniversari fins a l'últim bocí. Que potser m'hauria estimat més passar la tarda del meu catorzè aniversari sense ells —a excepció del papa, naturalment—, segur que ni els ha passat pel cap. I per què? Els membres de la família són al cap i a la fi la gent més simpàtica i adorable sobre la capa de la terra!

I tots i cadascun m'han preguntat deu vegades si «realment havien encertat» el meu regal. No nego que quan convé puc ser bastant mentidera. Però xisclar d'alegria per la roba interior de color salmó amb un escut del Dínamo de Moscou a les calces, o davant de la «bossa de joveneta» de la tia Elfriede (amb la nansa daurada i amb un dibuix monstruós d'un cocodril), o davant de l'enciclopèdia de química de set volums de l'avi-mama (amb cinc làmines a tot color per volum), no ho aconsegueixo tan fàcilment.

El sobre del papa amb el xec hauria estat molt útil si la mama no me l'hagués agafat de seguida i hagués dit: «Amb això comprarem les sabates d'estiu i les coses que necessites per a les vacances!»

Els regals de la mama són també cada dia més i més magnífics. La dona ha arribat en certs aspectes a la sublimació. Tot allò que ella va desitjar en els seus temps d'adolescent i que no va poder aconseguir, ho compra ara per a mi. Aquest condemnat diari, per exemple. Des de fa anys, quan em ve de gust escric les meves nombroses penes i les meves escasses alegries en quaderns DIN A4 de fulls ratllats. Aquests quaderns em podrien anar bé també d'ara endavant. Però la mama sempre havia desitjat en els seus temps un diari, «fervorosament i ardent», diu.

La magnífica brusa i la faldilla de seda també devien ser, amb tota probabilitat, desitjos tan ardents com aquest. I a més havien de ser blaus amb floretes estampades. Perquè segons diuen, queda tan bé amb els meus ulls i amb el color de la meva pell!

Des de fa tres setmanes, tres setmanes senceres, cada vegada que passejava amb la mama pel centre m'aturava davant de cada aparador en què hi havia roba verd poma i exagerava exclamant «Ohhhhhhh» i «Ahhhhhh» i «Mira, que doooooolç».

Però renoi! Ja hauria de saber que la meva mare té pa a l'ull i per això no s'ha adonat que jo desitjava uns pantalons verd poma i una americana verd poma, o potser tant se li en dóna el que jo desitgi. Segurament tan pot ser una cosa com l'altra. Que sovint no em fa gaire cas perquè està enfeinada amb les seves coses és veritat. I que ella sempre sap millor el que és bo per a mi, igualment. «Si no t'estigués al damunt», diu tot sovint, «acabaries arreglant-te com un vell espantaocells».

Però penso que malgrat tot he portat a terme l'espectacle del meu aniversari molt dignament. No és imprescindible fer crits d'alegria quan s'està content. Algunes persones, davant d'una situació d'extrema felicitat, es tornen mudes. La meva família sembla interpretar la meva conducta de manera satisfactòria. En tot cas, cap d'ells no m'ha mirat amb un fulminant ets-una-criatura-desagraïda. I tampoc no he sentit cap observació de la mena more't-de-fam-a-qualsevol-cantonada. I cap no ha demostrat sentiments de culpa. Què més es pot desitjar?

El braçalet de l'àvia-mama no està gens malament. La Corinna ja fa molt de temps que desitja una quincalla com aquesta. Segurament que me'l canviarà de bon grat pels seus pantalons verd poma. I el canvi seria aproximadament equitatiu, perquè els pantalons van costar 900 xílings i ja se'ls ha posat moltes vegades. I fins i tot li falta una baga del cinturó. I el braçalet —l'àvia s'ha encarregat de mencionar-ho amb la seva diplomàcia acostumada—, ha costat 750 xílings i és nou de trinca. Podria dir que he perdut el braçalet camí d'escola. Tothom pot comprovar fàcilment que perdent coses sóc una autèntica fora de sèrie. Però com puc explicar que de sobte tingui uns pantalons verd poma? M'han fet un regal? No funcionaria. La mama rondinaria de seguida: «Però Julia, com t'atreveixes! No es poden acceptar regals tan cars.» I hauria de tornar els pantalons a la Corinna.

Discutiré l'assumpte amb la Corinna. La Corinna és una noia intel·ligent. Segur que se li acudeix la solució perfecta. La Corinna és digna d'admiració. Té unes idees brillants i no hi ha entrebanc que se li resisteixi. A l'escola també és així. En lloc d'estudiar vocabulari durant tres hores prefereix treballar-ne sis a la seva sofisticada factoria de bitllets falsificats. Quan alguna vegada hem parlat de professions que ens agradaria tenir més endavant, ella m'ha dit: Un explorador, això m'agradaria ser!

Demà ens tornaran els exàmens de llatí. Resar ara per aprovar seria una mesura poc efectiva i molt d'última hora.

PD:

L'àvia-mama té alguna cosa al ventre. Demà ha d'anar a l'hospital per a un reconeixement de tres dies. La mama està molt preocupada, segons sembla. Em trobo absolutament infame, però no experimento cap temor per l'àvia-mama. Em sembla que si es morís no podria vessar ni una sola llàgrima. En canvi, si es morís l'avi-papa em posaria molt trista.

Dimarts 3 de juny

Avui a l'escola ha estat sincerament i honrada per vomitar. Ens han tornat els exàmens de llatí. Comptava amb un cinc, temia un quatre i esperava un sis. Però la meva esperança era una mica més gran que la meva por. I pel camí d'escola la meva esperança es feia cada vegada més gran perquè tots els tres oracles que m'he fet han sortit positius.

A la porta de casa m'he dit: Si pel camí fins a la parada del tramvia et trobes de cara amb sis gossos, serà un sis. Sis han estat els gossos que m'he trobat de cara, i a més, sis de ben grossos.

Al tramvia m'he dit: Si al tramvia hi ha alguna persona amb crosses, serà un sis. Al tramvia hi havia fins i tot dues senyores grans amb crosses.

A la porta de l'escola m'he dit: Si la Didi ja és a classe, serà un sis. La Didi ja era a classe. I si tenim en compte que la Didi arriba tard a escola quatre cops per setmana i que jo avui anava bastant d'hora, es pot considerar que aquest oracle era realment arriscat.

Relativament tranquil·la esperava la quarta hora de classe, tot i que la Corinna, al costat meu, gemegava desconsoladament i es queixava sense parar: «Ja ho veuràs, ens posarà un quatre! N'estic segura! Ens vol fer passar un altre examen!»

Com sempre, cinc minuts després que toqués la campana, la Henne ha entrat a la classe amb parsimònia. Amb la pila de quaderns ha picat sobre la taula amb un gest de repugnància i ha dit secament: «Desagradable, molt desagradable», i ha començat a oficiar l'espectacle de la devolució d'exàmens. Però de seguida he pogut respirar alleujada perquè el meu quadern era al terç superior de la pila. La meva idea de pintar el llom del quadern amb retolador verd havia resultat molt pràctica. Així m'estalviava el neguit de tinc-un-suspens durant la cerimònia de la devolució de la Henne. I que la pila de quaderns es pogués ordenar d'una altra manera que no fos molt-bé-a-dalt i no-n'hi-ha-prou-a-baix, estava fora de tota suposició.

Efectivament he tingut un sis. Fins i tot amb un + al davant! I com que era el meu últim examen de llatí, amb aquest sis em quedarà un cinc pelat a la nota final. Estava enormement *happy*.

Però aquest deliciós estat només ha durat malauradament deu minuts perquè la Rosi ha dit en veu alta i molt indignada: «Això no ho puc tolerar. És realment el súmmum de la poca-vergonya!»

La Rosi seu tres pupitres més endavant que el meu. Però per a l'examen de llatí va seure al costat meu perquè la Henne sempre ens barreja quan hi ha examen. Quins principis segueix per a aquest canvi, ningú no ho té gaire clar. La Rosi no es volia conformar amb el cinc (amb un menys al davant) que la Henne li havia posat.

La Rosi s'ha girat cap a la Gabi i li ha xiuxiuejat alguna cosa. I la Gabi s'ha girat cap a la Didi i li ha xiuxiuejat alguna cosa. I la Didi s'ha girat cap a mi i ha dit: «La Rosi exigeix el teu quadern, immediatament!»

He deixat que passessin el meu quadern cap al davant. Tenia ben clar perquè el volia la Rosi. Volia comparar les nostres faltes perquè jo havia copiat l'examen de llatí íntegrament del seu. En llatí sóc un zero a l'esquerra!

Tot just quan sonava la campana del descans la Rosi ha acabat el seu estudi comparatiu, i quan la Henne ha sortit per la porta ha bramulat: «Aquesta, i aquesta, i aquesta, i aquesta, les mateixes faltes! I la Julia a més n'hi ha afegit dues de propina! I dues de ben grosses! Aquesta marranada és realment intolerable!»

Tots han anat corrents cap a la Rosi i han mirat els nostres quaderns i deien que cada vegada era més clar que la Henne repartia les notes com en una rifa.

«Però ara, tenim l'oportunitat de desenmascarar aquesta vaca!», ha cridat la Rosi. «Us ho ben asseguro! El meu papa anirà amb els dos quaderns al ministeri d'educació. Allí li faran obrir els ulls, a la Henne!»

Durant tot el descans hem intentat parlar amb la Rosi. Però no escoltava. No ha volgut consentir a tornar-me el quadern. Llavors l'hi he arrencat de les mans. Quina intrigant de merda! Què em podria portar a mi, sinó problemes?

La Rosi no hi té res a perdre. Té un cinc a tots els exàmens i tant li fa si en aquest examen té un cinc o un sis perquè ja té un cinc de mitjana. Però a mi tot se me'n pot anar a la merda si s'escampa que ho vaig copiar tot de la Rosi. Llavors l'última nota no em comptaria i en lloc d'una mitjana de cinc coma zero tindria un quatre coma vuit i tot dependria de l'humor de la Henne si volia fer-me passar una prova oral o no. I si l'hagués de fer, amb tota seguretat seria un fracàs i em posaria un quatre i la meva mitjana baixaria a quatre coma tres periòdic i la Henne em penjaria per al setembre, i tindria un estiu desgraciat.

La meitat de la classe parlava amb la Rosi com si fos un cavall malalt i ella s'ha preocupat d'aclarir-los la situació i repetia tossuda. «Això no acabarà així. La justícia es posarà de part meva! Portaré el cas davant dels tribunals!»

Normalment la Rosi no és tan retorçada ni tan recargolada. Se li deu haver afluixat un cargol del cervell. Com se li podria ocórrer sinó portar-me en sacrifici davant dels tribunals tan alegrement? Com hi pot haver un tribunal que legisli les notes? L'altra classe del nostre curs té de professor de llatí l'Steiner. Els posa uns exàmens de nivell de parvulari. Amb ell no suspèn ningú. I durant els exàmens es passeja per entre les files de pupitres i els assenyala les faltes al quadern. Que potser hi ha dret que una classe tingui un dimoni malcarat com a professora i l'altra un angelet caigut del cel?

La Corinna ha pensat una escapatòria per a mi: Segons ella, hauria d'abocar un tinter sencer sobre el meu examen. Així ni el ministre en persona no podria esbrinar si tinc fil per randa les mateixes faltes que la Rosi i encara dues més de propina! I de la Henne no puc esperar res més que un llarg sermó per haver comès un delicte tan greu com és ara abocar tinta.

Després de l'escola m'he estat gairebé una hora asseguda a la meva taula. Amb el tinter en una mà i amb el quadern a l'altra mà. No era tan fàcil atrevir-s'hi. Saltar-se a la valenta el respecte per a les coses escolars!

PD:

Ho he aconseguit! En aquests moments el quadern està estès al bany perquè s'eixugui.

Perquè no s'hi pugui veure res de sospitós he tenyit de blau els tres últims exàmens.

La catifa de la meva habitació ha rebut unes quantes esquitxades. He intentat de treure-les amb aigua i sabó. Hauria estat millor deixar-les tal com estaven. On abans hi havia uns esquitxos petits blau fosc ara hi ha uns núvols grans blau clar.

Quan ho veurà la mama de seguida tornarà a dir que ja m'ho havia dit de bon principi que el blanc no era un color sofert per a una «deixada» com jo.

Però jo no sóc una deixada! Si ho fos, no hauria intentat netejar les esquitxades. I tot estaria en ordre. Una altra vegada es demostra! Netejar no té cap sentit!

PD:

Oh, maleït infern de tinta blava! Acabava de sortir del bany amb el quadern ja sec quan ha sonat el telèfon i la Rosi em trucava. «Només volia dir-te», ha mormolat, «que el meu pare no vol emprendre res contra la Henne ni contra l'examen de llatí». I llavors encara ha parlat de la solidaritat que cal tenir entre companys de classe i coses tan col·legials com aquesta.

Segur que no li ha sortit d'ella. Probablement el pare de la Rosi és un home assenyat.

De bona gana ofegaria aquesta mala bruixa! No m'hauria pogut notificar aquesta bona nova dues hores abans?

Dimecres 4 de juny

Avui la mama ha de fer hores extres perquè en Huber està malalt. Arribarà a casa cap a quarts de nou, m'ha dit per telèfon. A la mama li agrada fer hores extres perquè això ens proporciona uns diners suplementaris. I també fa sovint hores extres perquè, segons sembla, en Huber no necessita diners suplementaris i es nega a fer-ne. Sé prou bé que aquests diners suplementaris ens fan bona falta, però també és cert que això no és vida per a la mama. Durant la setmana no fa altra cosa que treballar i dormir, i entre ambdues coses, mirar una mica la televisió. I durant el cap de setmana no fa altra cosa que dormir i netejar la casa i també mirar una mica la televisió.

Hauria d'estudiar matemàtiques. Hauria d'estudiar biologia. Hauria d'estudiar història. Hauria d'estudiar per a l'examen de física. Hauria, hauria, hauria, hauria, hauria...

Però no puc. Però realment no puc. Però realment no puc de cap de les maneres. Sincerament!

Probablement és per això que no puc estudiar, perquè no puc decidir-me per on he de començar a estudiar. Potser seria millor que barregés els llibres com si fossin cartes per fer un solitari i em fiqués al cervell tot el panorama a la vegada.

Aquest miserable esprint final de les dues primeres setmanes de juny em posa autènticament depressiva. I sempre que em poso depressiva em ve una gana desaforada. Em podria empassar muntanyes senceres. Només que a casa no hi ha ara res comestible. Almenys res que sigui del meu gust.

Per anar a comprar ja és massa tard. I no cal ni comptar que la mama porti alguna cosa decent. Probablement arribarà a casa i farà gulasch. Sempre que fa hores extres sopem gulasch. Amb acompanyament de pa. Per això odio el gulasch!

Podria telefonar al papa i preguntar-li si em voldria portar a menjar una pizza.

O encara millor:

Li telefonaré i li diré que no entenc aquests estúpids problemes de matemàtiques i li demanaré si me'ls pot explicar.

Així li serà molt difícil dir-me que no. Només mort, un pare mitjanament responsable pot abandonar la seva filla.

I quan ell pregunti on ens podríem trobar, a casa seva o a casa meva, li proposo com a punt de reunió la pizzeria.

I la mama tampoc no podrà sospitar res quan li digui que amb la finalitat d'aprofundir els meus escassos coneixements de matemàtiques he concertat una cita extra amb el papa. Només perquè en el moment de la separació es va acordar que podria veure el papa tots els dissabtes i diumenges, no m'hauré de limitar per sempre a aquest conveni. No entenc de cap manera perquè la mama també va estar d'acord en aquest repartiment.

Si alguna vegada he volgut parlar amb ella sobre això, automàticament s'ha posat tossuda com una mula i només m'ha dit: «Així és precisament com ho va resoldre el jutge. Un acord és un acord!»

A mi ningú no em va preguntar res! Jo no vaig prometre res a ningú. Amb mi cap jutge no va acordar res!

Vull una pizza amb olives i amb pernil i amb carxofes i amb mozzarella. I l'aconseguiré. Tant se me'n dóna el que la mama i un jutge haguessin decidit entre ells.

PD:

He telefonat al papa. És un autèntic tresor. De seguida m'ha preguntat si no m'agradaria que ens trobéssim a la pizzeria.

Sap perfectament que m'agrada molt menjar pizza!

Parlant d'un altre tema, ha contestat al telèfon una dona. «Haaaaaanes, telèfon», ha cridat. I ha remugat a l'auricular: «De seguida s'hi posa.» Ho ha remugat amb una veu molt greu.

A part d'això, no ha dit res més.

No podia ser la Kitti.

En primer lloc, la Kitti no té una veu tan greu. I en segon lloc, la Kitti hauria xerrat amb mi mentre no arribava el papa. La setmana passada fins i tot em va preguntar com estava i com m'anava l'escola i si no volia un gatet, una amiga seva en tenia un per regalar. I m'hauria saludat amb un «Hola, Julia». Només conec aquesta Kitti per telèfon. I ara es veu que ja l'han treta de circulació i ja l'han substituïda per una nova adquisició.

Llàstima! El papa em va explicar que una vegada va arribar a ser Miss Burgenland. M'hauria portat bé amb una autèntica miss. Tothom diu que s'ha de ser ben babau per passejar-se damunt d'una passarel·la i deixar que als espectadors se'ls disparin els ulls mentre et miren el pit i el cul. Però per telèfon aquesta Kitti no semblava tan curta.

Dijous 5 de juny

La cara de la Henne s'ha tornat blanca com la neu quan ha vist el meu quadern de llatí. El seu llavi inferior ha començat a tremolar. Fins i tot les seves orelles grosses i penjants tremolaven. Ni encertava a engegar un sermó de l'espant que portava. Només balbucejava «però nena, però nena», i després s'ha lamentat: «Un quadern d'exàmens és un document, fill meu, no ho saps, això? I què podem fer, ara, i què podem fer, ara?»

Jo he contestat: «Però per favor, no m'hi faci escriure res més.»

Però la Henne no es calmava. Estava totalment commocionada. Els mestres tenen, segons sembla, més respecte per les coses de l'escola que nosaltres. I llavors la Henne m'ha preguntat: «Filla, com t'ha pogut passar?»

Amb això ha anat a topar amb l'únic punt delicat de la qüestió perquè naturalment, la meva ploma estilogràfica es carrega amb cartutxos de tinta. Qui utilitza encara avui en dia les antigues plomes que es carregaven amb tinter? Només la meva àvia-mama té una cosa tan antiquada. I gràcies a Déu, de seguida se m'ha ocorregut pensar-hi. He explicat a la Henne que la meva ploma estilogràfica estava espatllada i que la meva àvia m'havia deixat la seva i que l'havia volgut carregar i que com no ho havia fet mai no m'hi havia entès i que ja veia quina desgràcia havia fet!

«Però nena, per fer això primer s'ha d'enretirar el quadern», ha exclamat la Henne, i jo he abaixat el cap en senyal de penediment.

La Henne ha sospirat tres vegades, després ha fet sortir la Didi a la pissarra i li ha dictat una frase per traduir. L'assumpte de la tinta estava liquidat!

Des de fa dues setmanes cada matí quan arribo a la parada del tramvia em trobo repenjat al senyal de la parada un noi que està com un tren. És enormement alt (com a mínim 1.90, si no més) i té els cabells llargs, molt rossos (amb rínxols). Infal·liblement mastega xiclet. I quan es mou, pren un aire d'elegant indiferència. Pel cap baix li calculo uns setze anys. Generalment porta un diari sota el braç. No porta cartera. Però això no vol dir gran cosa. A la nostra escola també n'hi ha molts de les classes superiors que vénen sense cartera.

El tipus puja sempre al mateix vagó que jo i es col·loca al meu costat. Fa veure com si llegís el diari. Però per sobre el marge superior em mira de reüll. I ja m'ha passat dues vegades que he arribat a la parada i se m'ha escapat un tramvia davant del nas, i també me l'he trobat repenjat al senyal de la parada. Això vol dir que ha deixat passar el tramvia per esperar-me. És ben clar!

Doncs per què no em parla? O potser és molt tímid? He llegit de vegades a les seccions de «consols i consells» de les revistes, que una noia també pot iniciar una conversa amb un noi que li agradi, però, per Déu, com es comença?

Com et dius?, o: Cap a on vas?, o: Tu també vas a l'escola?, o potser: Avui fa un temps horrorós!

Totes aquestes preguntes sonen molt idiotes. I dir senzillament la veritat: M'AGRADES ENORMEMENT!, no ho aconseguiria. La Corinna opina que hauria de fer veure que busco alguna cosa al meu portamonedes. I després hauria de deixar caure unes quantes monedes. I després, diu, el tipus s'ajupiria per recollir-les i tornar-me-les. I jo li hauria de donar les gràcies i si el tipus tingués una mica d'interès, la conversa ja estaria en marxa.

Potser ho provaré demà. Però hauré de deixar caure

una altra cosa. Estic tan escurada que no tinc unes quantes monedes que puguin servir de pretext. Només tinc quatre monedes de deu cèntims. Per això no paga la pena ajupir-se.

La meva situació econòmica és molt precària. Des de fa quatre anys rebo els mateixos cent miserables xílings per mes. I per això ja em quedo sense ni cinc des de bon principi, perquè sempre he hagut de demanar diners a la Corinna o a la Didi o a algú altre i he d'utilitzar els cent miserables xílings per pagar deutes.

Una noia de catorze anys necessita més diners que una nena de deu. I si es calcula que hi ha hagut una mitjana d'inflació anual del set per cent, resulta que els meus miserables cent xílings han perdut un vint-i-vuit per cent del seu poder adquisitiu i tenen un valor de setanta-dos xílings. Això ho haurien de veure els meus estimats progenitors! No hauria de caldre que ningú els ho expliqués!

Abans, quan la mama i el papa encara vivien junts no em costava gens fer valer els meus drets donant un cop de puny sobre la taula i reclamar les meves justes reivindicacions. Però ara és infinitament més complicat. La mama es queixa contínuament que no li arriben els diners. I que al papa tampoc no li arriben, és fàcil de veure; si no no tindria la meva pensió tres mesos endarrerida. I el meu pare no és pas d'aquells que no paguen per avarícia.

Té una explicació lògica i clara! El papa ha de pagar ara el lloguer del seu pis i la mama es grata la butxaca per pagar la hipoteca del nostre pis. I la mama s'ha comprat també un cotxe per a ella. Com ha d'anar, si no, a l'oficina si el papa ja no la porta. El notari per al qual treballa la mama té el seu despatx a l'altre cap de ciutat. Amb el tramvia trigaria tant com per fer la volta al món.

I el papa va sovint a dinar a la fonda. I a l'hivern s'han d'escalfar dues cases. I a ambdues cases crema la llum de nit. I tot allò que el papa abans arreglava a casa nostra, ara la mama ho ha de fer reparar pels operaris, i costa molts diners. I el papa porta la seva roba bruta a la bugaderia, i això exigeix una petita fortuna per cada planxada. I un cop per setmana va a casa del papa una senyora de fer feines. Comptat i debatut, tot s'ha de pagar per duplicat: el rebut del telèfon, el rebut del televisor, el rebut de la ràdio... I el papa s'ha hagut de comprar un aparell de televisió nou perquè ens va deixar el vell a nosaltres. I la mama ha hagut de comprar un equip de música nou perquè el papa es va endur el nostre. I mobles nous, ha hagut de comprar també el papa. Encara n'està pagant els terminis.

La vida del separat és el doble de cara que la vida del casat. Ho entenc perfectament. Només que no entenc perquè els meus ja magres recursos hagin hagut de baixar fins per sota dels límits de la pobresa. Jo no m'he divorciat de ningú.

Només la gent veritablement rica es por permetre el luxe de divorciar-se.

La Corinna opina que no puc generalitzar. Ella tampoc no ho fa. Però és que ella s'embutxaca el doble! El seu pare no sap que ella rep diners de la seva mare. I la seva mare no sap que ella rep diners del seu pare. Però el seu cas és molt més senzill perquè els seus pares estan enrabiats com gat i gos i no es dirigeixen la paraula ni es troben mai. El meu cas és molt diferent. El meu cas és com una cosa de bruixes! Cada vegada que em dedico a exposar a la mama la misèria de la meva mesada, ella m'explica les misèries del seu sou, més nombroses que cabells tinc al cap. I cada vegada que vaig al papa amb la meva desgraciada situació, ell m'explica les seves desgraciades finances i em diu coses com «l'aigua m'arriba al coll». I llavors ja no m'atreveixo a tornar a començar amb les meves preocupacions monetàries. Merda!

Divendres 6 de juny

Avui a l'examen d'història he tingut una sort bàrbara. Com que en Raffzahn ha estat malalt tres setmanes i no ens ha pogut fer cap examen, ha decidit fer-nos una prova per parelles. Perquè així acabava la ronda més aviat. A mi m'ha tocat amb en Michael. En Raffzahn li feia preguntes a en Michael i a mi només em tocava substituir-lo quan ell no sabia la resposta. Però com que en Michael és bastant llumenera, només s'ha donat el cas tres vegades i totes tres vegades he sabut donar una resposta mitjanament satisfactòria.

Amb un «Un notable per a cadascú» ens ha engegat en Raffzahn. Estava tan content amb nosaltres dos que ens ha mostrat allò que per a ell deu voler dir un somriure.

Ja tinc els pantalons verd poma de la Corinna! Em queden impecables, molt millor que a la Corinna. Perquè tinc la part de dalt de les cuixes més prima i els pantalons no em queden tan ajustats de dalt.

A la mama li he dit simplement que he canviat els pantalons verds pels meus pantalons blaus. Pantalons per pantalons, no hi pot posar cap pega! Així no ofendré la iaia.

Els meus pantalons blaus els he entaforat al bagul, a sota de les meves joguines velles. De moment no diré res del braçalet. Ningú no s'adonarà si és al seu lloc o no. I en el cas que alguna vegada la mama em pregunti per què no em poso mai el braçalet, li diré que no m'agrada portar rampoines al damunt. La mama ho comprendrà perfectament.

El tipus del tramvia té una cremada de sol al nas. Avui al matí tenia el nas vermell com un tomàquet. Però el tipus està descaradament bé amb el nas vermell i tot. Stefan seria un nom que li quedaria bé. Rarament la gent té un nom adequat al seu aspecte! Persones rosses porten sovint noms morens i persones amb els cabells foscos porten sovint noms rossos. Stefan és clarament un nom ros. Sabine i Gabi són també noms rossos, Bernhard i Silvia són noms morens. Com se m'ha acudit, això, ni jo mateixa ho sé. Potser el primer Stefan que vaig conèixer en algun parc jugant amb la sorra era ros. I la primera Silvia amb qui vaig jugar a la guarderia era probablement morena.

Aniré a buscar el papa quan surti de l'oficina. Demà i demà passat no tindrà temps, malauradament. Ha d'anar a un curset de cap de setmana del sindicat perquè és del comitè d'empresa. La mama vol que com a molt tard torni a ser a casa a les nou. «Al cap i a la fi, demà tens escola, Julia», m'ha dit quan li he telefonat a l'oficina i li he explicat el canvi de plans.

Però tampoc no me'n vaig a dormir a les nou quan sóc a casa. Ahir la mama i jo vam mirar la televisió fins a mitjanit. He tingut una sospita: No vol estar sola a casa. Comprenc perfectament que no sigui gaire distret romancejar sola per la sala. Però per què no va a qualsevol lloc, si avui no ha de fer hores extres?

D'amics en té de sobres. Dilluns passat, per exemple, l'Alice va venir a casa nostra i va convidar la mama per anar avui a sopar a la fonda. Però la mama va declinar la invitació. «No puc deixar sola la Julia», va dir. «No puc ser mai a casa a la tarda. I al vespre gairebé tampoc, per culpa de les hores extres.»

«A mi em pots deixar sola ben tranquil·lament», li vaig dir. «Ja pots anar a sopar fora. A mi no m'importa gens ni mica.»

La mama no ho va voler admetre. Està esquizofrènica! Es queda a casa perquè jo no em quedi sola. I jo m'he de quedar a casa perquè ella no es quedi sola. Però no som bessones siameses! I les nostres converses nocturnes es limiten a mirar la televisió juntes. Mirar la televisió també ho pot fer tota sola. I les coses que a mi m'agrada de comentar amb l'altra gent no tenen cap al·licient per a la mama. Em sembla que si li preguntava com podria començar el contacte amb el tipus del tramvia li agafaria un atac més de pressa que corrents! «Però Julia, però Julia...», balbucejaria, «però si només tens catorze anys!». La mama va tenir el seu primer amic als setze anys i per això dedueix que els setze anys és la millor edat per començar a l'amor.

Coses com l'estratègia de la tinta tampoc no fan per a ella. Si n'hi expliqués alguna cosa, de ben segur que diria que el que he de fer és estudiar més i que la mala fe només porta disgustos i que des del primer any s'ha d'estudiar molt de llatí perquè si no encara costa més a les classes superiors. És que a la mama li van penjar el llatí quan feia el meu curs!

La mama ha arribat a afirmar que amb ella es pot parlar «de tot», però això és el que ella vol fer creure. No ha estat mai disposada a explicar-me sincerament per què es va divorciar del papa! Cada vegada que li ho he preguntat, només m'ha sabut donar excuses i dir-me poca cosa més que «hem decidit viure separats». Si l'avi-mama no hagués dit una vegada davant meu a l'àvia-mama: «Aquest tronera cada setmana es fica al llit amb una de diferent», no se m'haguessin obert mai els ulls sobre allò que realment succeïa a la nostra afligida llar. Aquest assumpte era, doncs, molt dolorós per a la mama!

Que no volgués estar casada amb un home que l'enganyava contínuament i que cada mes canviava d'amant, és fàcilment comprensible. Però durant tot el temps que jo havia cregut la poca-soltada de «viure separats», vaig ser una mica cruel amb ella. Pensava: «Només perquè la mama està pirada el papa ha hagut de marxar de casa!

Des de fa uns mesos conec amb tots els ets i uts els motius de la separació dels meus pares. Buscava a l'armari la carpeta dels documents amb el meu certificat de vacunació perquè l'havia de portar a l'escola per a la vacuna oral de la poliomielitis. I vaig trobar, sota de tota la pila de documents, la sentència de divorci. Quantes coses hi podia haver allà dintre! De l'espant em vaig quedar sense respiració.

La mama va contractar un detectiu privat perquè seguís el papa i demostrés que el papa era infiel a la mama. El detectiu va informar la mama de tot. Fins i tot va fer fotografies del papa amb les amants que tenia llavors. I després el detectiu privat va enviar al papa la factura del seu dur treball. I el papa es va enrabiar tant que va organitzar una escena a la mama, i en el decurs d'aquesta escena li va llançar un cendrer de vidre a la clavícula, i la mama va tenir una fractura confirmada per un metge.

Però nosaltres no tenim un cendrer de vidre ni n'hem tingut mai cap! I quan podia haver passat? Al matí, quan jo estava a l'escola, el papa i la mama estaven treballant.

És cert que de tot això ja en fa dos anys, però em recordaria d'aquestes coses tan salvatges encara que haguessin passat fa cent anys. Perquè encara recordo que abans la mama plorava tot sovint i que al vespre el papa tot sovint era fora. Fins i tot encara tinc ben present el discurs que una vegada la mama va engegar al papa: «No et creguis pas que deixaré que m'emmerdis per sempre més!» (Merda amb un «em» al davant era per a mi completament nou.)

I que la mama una vegada va dir al papa: «Cada paraula que surt de la teva boca és una mentida, l'única cosa que has après a fer a la teva vida és mentir», encara me'n recordo.

En efecte, en aquella època anava sovint a dormir a casa dels avis-mama.

Potser els meus pares només es barallaven tan salvatgement quan jo no hi era.

La Corinna opina que no tot el que diu la sentència de divorci ha de ser veritat. Els seus pares, diu la Corinna, van dir durant el procés moltíssimes mentides perquè els tràmits anessin més de pressa i costessin menys diners i el jutge comprengués que els era impossible continuar vivint junts.

No crec que aquest sigui el cas de la mama i el papa. Perquè quan es tracta d'inventar coses, s'inventen coses més originals que jo-t'envio-un-espia i jo-t'envio-un-cendrer-a-la-clavícula. O no?

Però el cendrer llançat a la clavícula no m'amoïna especialment. El papa pot arribar a ser de vegades molt irascible. Hauria pogut molt bé ser que l'agafés amb la mà i el llancés. Però el detectiu privat m'exaspera desmesuradament. Això no m'ho hauria pensat mai de la mama, mai de la vida. Però ja veig que és veritat. M'agradaria de preguntar-li per què ho va fer. Però abans hauria de confessar que havia llegit la sentència de divorci. I llavors ella em contestaria que havia violat el seu espai privat. Segur que té l'opinió que a mi tot això no em concerneix. Jo mateixa no sé si hi ha alguna cosa que em concerneix. D'una banda, naturalment que m'interessa saber per què els meus pares són d'aquesta manera que els ha fet comportar-se tan estúpidament. I de l'altra, la meva mare pot tenir, naturalment, el seus secrets. Jo també tinc els meus. Però de tota manera la realitat és que m'hauria anat molt millor si els documents de la sentència de divorci no m'haguessin anat a parar a les mans. M'hauria agradat de conservar unes quantes il·lusions sobre els meus apreciats progenitors.

Dissabte 7 de juny

És una autèntica bogeria, però malgrat tot és cert. El meu tipus del tramvia es diu, efectivament, Stefan. Però no ho sé perquè hagi parlat amb ell. Ha estat així: He arribat a tres quarts menys cinc de vuit, com sempre, a la parada. Estava repenjat, també com sempre, al senyal de la parada amb el diari sota el braç i mastegant xiclet. M'he col·locat a la respectable distància d'un metre, sense mirar-lo, i he tret de la butxaca dels pantalons un xiclet i me l'he ficat a la boca. De fet, des de feia anys que no m'agradava mastegar xiclet, però a causa del tipus me n'havia comprat un paquet, perquè pensava: Ja que encara no ens enraonem, almenys mastegarem junts, això també deu unir d'alguna manera!

Arriba el tramvia i hi pujem. Primer jo, ell al meu darrere. Enfront de la porta d'entrada, al costat de l'aparell on es marquen les targetes, hi havia un petit Pummel, de cabells negres, amb tants grans a la cara com porus una persona normal. També tenia una panxa greixosa. Estava embotit dins d'una camisa de quadres blancs i vermells i col·locat a sobre dels camals dels pantalons, i mirava endavant, i per entre els botons de la camisa es veia molt pelut. En Pummel alça la mà dreta i diu: «Hola, Stefan, com estàs, nano?»

Em quedo tan perplexa que el meu tipus es digui realment Stefan que ensopego amb el meu propi peu, vaig a trompicons per tot el vagó i caic al mig de la panxa greixosa d'en Pummel.

En Pummel riu irònicament i diu: «Ep, gentil senyora, quin honor, de bon matí!»

M'esmunyo com puc de la greixosa panxa de quadres, segur que em poso vermella com un perdigot, i em refugio al seient lliure més proper, encara que no segui mai al tramvia perquè només per quatre parades no paga la pena. Trec el meu quadern de vocabulari anglès i em poso a recitar en veu baixa paraules angleses. Tot just acabava de recitar una pàgina quan al voltant meu tot s'ha tornat de quadres i en Pummel s'inclina cap a mi. «Hola, gentil senyora», diu. «No li semblaria oportú convertir la nostra comuna ensopegada en un coneixement més profund? Puc presentar-me? Sóc Gustav segon, el més fort, l'èxit d'aquesta temporada.»

«Hola», contesto, «sóc la Julia».

Mai de la vida hauria dit el meu nom a aquest individu si no hagués estat conegut del meu tipus. I no perquè sigui veritablement fastigós, d'això no en té cap culpa, sinó perquè les seves maneres de presumptuós-fanfarró m'enerven enormement. Per això no puc sentir per ell cap simpatia.

«I el jove que s'agafa en aquella anella», en Pummel assenyala amb el seu polze de botifarró cap enrere, «és l'Stefan, el meu company d'escola més antic».

Em giro i envio un somriure a l'Stefan. L'Stefan me'l torna lleugerament.

«La gentil senyora va a l'institut?», pregunta en Pummel i assenyala amb el seu polze de botifarró cap endavant la meva escola.

Jo faig que sí amb el cap.

«Llavors la gentil senyora ha de baixar aquí», es lamenta en Pummel i posa una cara de pena i intenta d'arrugar el seu front greixós.

Torno a assentir amb el cap.

En Pummel grata amb el seu polze de botifarró la seva pell amb acne. «Com aniria a la gentil senyora», pregunta, «que ens trobéssim avui a la tarda per intentar d'aprofundir el nostre coneixement?»

Jo somric, assajo un sí-no-potser-encara-no-ho-sé, i miro

de reüll cap a l'Stefan perquè vull veure si ell també té algun interès en l'aprofundiment del coneixement o no.

En Pummel em planta una pota greixosa a sobre l'espatlla. «Llavors, gentil senyora, prepararem una emboscada per al seu jove cor», diu. «Seria molt profitós per a dos *lonely boys.*»

Guardo el meu quadern de vocabulari a la motxilla. Pel que puc veure de cua d'ull a l'Stefan no se li nota que consideri «profitós» una cita a mitja tarda. En Pummel torna a col·locar-me una pota a l'espatlla. «Com aniria avui a les tres?», pregunta. «Fins a dos quarts de tres tenim classe, pobres de nosaltres.»

M'aixeco i ja estic a punt de dir que sí, quan em recordo que la mama ha concertat una visita per aquesta tarda a casa la iaia. Com que s'ha assabentat que el papa no té temps per a mi aquesta setmana, es veu que se sent obligada a compensar-me amb d'altres membres de la família. Així que dic: «Ho sento, per avui a la tarda ja tinc compromesa una cita.»

«I demà?», pregunta en Pummel.

Vaig cap a la sortida, veig que l'Stefan està resguardat darrere del diari, però que espia per sobre del diari i dic: «Demà estaré lliure!»

En Pummel m'acompanya a la sortida. «Seria a les dotze en punt, al costat de la piscina infantil, als banys Ottakringer, un lloc de trobada del gust de la gentil senyora?», pregunta.

Jo només dic «o.k.», i com que el tramvia ja s'atura a la parada, ja no tinc temps de preguntar què passarà si demà plou. I amb tot això a les notícies de les set de la ràdio han anunciat pluja per demà. Tant de bo l'informe del temps no sigui exacte!

De tota manera ara fa força sol. Potser un àngel de la guarda bondadós vulgui retenir per a mi el mal temps fins a demà a les dotze. Estic molt *happy.*

És realment extraordinari com es pot tornar de les profunditats més allunyades de l'ànima. Avui a primera hora estava tan totalment enfonsada. Per allò d'ahir al vespre. El meu papa és un cul de mico. Encara que sigui adorable.

Ahir em vaig assabentar que el bon senyor no havia d'anar a cap seminari del sindicat. M'havia mentit! Viatjava a Londres amb una tal Mrs. Hoschek. Sortien avui a les 7.15. I tenia reservats els bitllets de tornada per a dilluns a les 8.20. Vaig trobar els dos bitllets sobre la tauleta de nit. Segur que no és anglesa, aquesta Hoschek.

Als bitllets d'avió sempre posen Mr. o Mrs.

Aquesta descoberta dels bitllets d'avió m'ha deixat totalment k.o. Per què, no ho sabria dir exactament. Naturalment m'hauria agradat molt més que el papa, en lloc d'anar amb aquesta Hoschek, hagués anat amb mi a qualsevol lloc. Però no era per això. Naturalment, també m'hauria agradat més si el papa hagués pagat a la mama les mensualitats endarrerides de la meva pensió en lloc de comprar uns bitllets d'avió. Però tampoc no era per això!

Em sembla, que m'havia deixat tan per terra perquè m'havia mentit. Que m'enredés exactament igual com abans ho feia amb la mama!

Només quan li vaig plantar els dos bitllets d'avió sota el nas va confessar la veritat. Que jo sempre interpreto les coses a la meva manera, ha exclamat! En lloc de deduir que el seminari del sindicat es farà a Londres! I que la Hoschek es una col·lega del comitè d'empresa. I que de tota manera ell ja m'ho havia explicat. I que semblo una iaia escleròtica que no pot recordar-se de res!

Jo vaig fer veure com si l'hagués cregut. Però ell, naturalment, es va adonar que jo només ho feia veure. I la vetllada va ser molt tibant. Entre nosaltres hi havia una gelosia submergida. A les nou en punt jo ja era a casa. La mama se'n va alegrar molt.

Que algú que viu amb una altra persona no digui en tot moment la veritat, no ho trobo del tot malament. De vegades menteixo per fer-me la vida més fàcil. Però amb el papa ja no vivim junts. Només el veig unes quantes hores per setmana. Per això per a mi s'ha tornat com un peix daurat. Tot just l'agafo amb la mà, ja se m'escapa una altra vegada per entre els dits i ja no es deixa tornar a atrapar.

Durant els nombrosos dies en què no veig el papa, sovint me l'imagino. Llavors penso: Ara està assegut a l'oficina i treballa, ara condueix cap a casa i renega per culpa de la circulació, ara juga a bitlles amb en Harri, el seu amic, ara mira la pel·lícula de la nit a la televisió. O precisament: Ara escolta una conferència a la seu del sindicat! Però si va a passejar per Londres amb la Hoschek, mentre jo me l'estigui imaginant a la conferència a la seu del sindicat, llavors no podré agafar de cap manera el peix daurat entre els dits.

Però què s'hi pot fer. De tota manera no puc canviarho. Serà millor que esperi tranquil·la les dotze en punt de demà al costat de la piscina infantil. Tant de bo l'Stefan sigui tan encantador per dintre com ho és per fora. I ara em prepararé psicològicament per a la visita a la iaia. Tornaran a ser tres hores demencials. Només es parlarà d'exploracions de l'intestí, de radiografies de l'estómac, de ronyons, de fel i de fetge. I l'avi s'emmurriarà perquè només es parlarà dels òrgans de la iaia com si ell no tingués també òrgans que han de ser reconeguts, segons la seva opinió. I la iaia es mostrarà molt ofesa perquè a l'hospital no li han trobat res de greu!

PD:

No he explicat a la Corinna que demà em trobaré a la piscina amb el meu tipus del tramvia. No voldria pas que ella també vingués. És amiga meva, però quan es tracta de nois, no es pot fer cap concessió. Segur que l'Stefan li agradaria. Els tipus rossos i alts són la seva debilitat. I no necessito, en aquesta primera cita, cap competència.

Diumenge 8 de juny

Són les nou i el cel és gris com una llosa de granit i pel fons es veu molt tapat i la mama diu que només als que estan ben tocats de l'ala se'ls pot acudir d'anar a banyar-se amb un temps així.

Són les deu i el paviment del carrer s'ha ennegrit amb les gotes de pluja i la mama diu que em prohibeix d'anar a banyar-me amb un temps així perquè les meves amígdales tenen tendència a les angines i el meu nas als refredats i ja va invertir els seus cinc dies de permís per malaltia en les meves angines del mes de març i no té cap ganes de malgastar alegrement els seus dies de vacances per cuidar una malalta.

Són les onze i ha parat de ploure. A l'horitzó gairebé que es pot veure una franja blau cel. La mama diu que no la veu, però és que és daltònica! Assegura que de seguida tornarà a ploure. Però no hi tornarà. Sense posar el jersei de cotó gruixut a dins de la bossa de bany, diu que no puc sortir de casa. No hi tinc cap inconvenient! M'emporto aquest valuós exemplar. Si me'l poso o no, ja és tota una altra qüestió!

Són les vuit del vespre i porto un dia al meu darrere del qual només puc dir: el desitjo per al pitjor dels meus enemics!

A les dotze en punt era jo, com havíem concertat, al costat de la piscina infantil. El cel ja era en aquell moment meitat blau i un terç blau elèctric. Però encara feia una mica de fred i m'havia posat el jersei perquè no se'm posés gens la pell de gallina. M'he assegut al marge de la piscina i he posat els dits dels peus dins de l'aigua. L'aigua era freda. A dintre de la piscina no hi havia ni un sol nen. Només una petita pilota de goma abonyegada, unes quantes fulles i el palet d'un gelat suraven a l'aigua.

Cinc minuts he estat ajaguda al marge de la piscina, el meu darrere ja era glaçat i llavors han bramat darrere meu: «Déu sia lloat, gentil senyora! Gustav segon, el més fort, es presenta al seu lloc amb l'ànim coratjós malgrat el mal temps!»

M'he aixecat d'un salt, he dit «Hola», i m'he girat per mirar cap a l'Stefan, però no hi era ni a dreta ni a esquerra.

Dins del vestit de bany, en Pummel encara té un aspecte més catastròfic. Té unes cames garrelles de les que fan època. I els peus plans com una post. I, es miri com es miri, té tres vegades més pit que jo. I al seu melic, s'hi podria introduir sens dubte un bolígraf sense que en quedés cap tros a fora. I el pobre xarxó s'havia empolainat la cara amb maquillatge. S'havia petat tots els punts grocs de pus. Es veien nyanyos vermells al seu front i a les seves galtes i a la barbeta i al nas.

«Que potser a la gentil senyora li vindria de gust anar a prendre alguna cosa a la cafeteria?», ha preguntat rient amb la boca tan oberta que es mullava les dues orelles.

«No porto ni cinc.»

«La gentil senyora està, doncs, convidada», ha dit, «Gustav segon, el més fort, té més pasta que una fàbrica de macarrons.»

Hem anat a la cafeteria i volia preguntar-li on era l'Stefan, però no m'hi he atrevit.

Hem demanat una coca-cola per cadascú i Pummel s'ha menjat a més tres entrepans de greixoses salsitxes. A l'hora de pagar s'ha tret d'una petita butxaca dels pantalons de bany un gruixut feix de bitllets, de vint, de cinquanta i de cent. I si no estic equivocada, fins i tot n'hi havia un de cinc-cents. En Pummel m'ha explicat de tot i força. Que ell i l'Stefan van a l'escola industrial, a l'especialitat de construcció de maquinària. El pare d'en Pummel també és enginyer de maquinària industrial i té una petita fàbrica on es manufacturen algunes de les coses que necessita una gran indústria. I després ha dit que havia estat una sort immensa que ahir no se li hagués engegat la moto. Si no no hauria anat a l'escola amb el tramvia i no m'hauria conegut. Com més enraonava, més normal es tornava. De fet era força simpàtic. Ja no era el presumptuós-fanfarró ni el ja-sóc-aquí. I ja no em deia gentil senyora.

Els tipus que tenen un aspecte tan temerari com en Pummel només tenen malauradament dues possibilitats. O bé es tornen uns amargats, uns obstinats i uns elements de discòrdia com la Jutta a la nostra classe, o bé fan com en Pummel, juguen a fer el titella i disparen al primer que se'ls posa a tret.

Fins a dos quarts de dues he segut amb en Pummel a la cafeteria. Llavors ha dit: «Anem a la gespa. He reservat unes gandules. I he portat també un matalàs inflable i un magnetòfon.»

Hem anat a la gespa que hi ha darrere de la piscina de competició. I jo tenia encara l'esperança que l'Stefan apareixeria per alguna banda. Qui ha aparegut, però, per entre les gandules, han estat la Corinna i la Didi i la Martina.

Les tres havien col·locat tres gandules una al costat de l'altra. M'he cregut que la Terra se m'empassava!

Si almenys el condemnat d'en Pummel hagués continuat comportant-se d'una manera normal. Però renoi! De seguida s'ha tornat a posar la màscara de titella: «Em permeten que em presenti, senyores? Gustav segon, el més fort, l'èxit d'aquesta temporada!»

I: «Voldrien les gentils senyores reposar les seves juvenils natgeres al nostre matalàs?»

I: «Podria en Gustav segon portar unes *longdrinks* per a les gentils senyores?»

I a mi em deia ineluctiblement «adorable Julieta» i volia repenjar el seu braç de mortadel·la pel voltant de les meves espatlles.

La Corinna i la Didi i la Martina el miraven de fit a fit com si s'hagués desplomat fins aquí directament des d'un altre planeta. I a mi em miraven com si fos un cas agut digne del manicomi. I com més se sorprenien, més fixament miraven i més se'n fumien les tres, més s'aferrava en Pummel a la seva màscara de titelleta i més insistentment s'embajania.

Que si l'altre dia havia fet un triple salt mortal amb la seva moto, ha explicat. Perquè intentava esquivar un gat negre.

«I no em va passar res de res, gentils senyores! El greix, no només et permet de surar més, sinó que és també un silenciador extraordinàriament eficaç!» I mentre ho deia es picava a sobre del ventre. «Ha-ha-ha!» I a l'escola, ha afirmat, seia en dues cadires, sol en un pupitre. «Ha-ha-ha!»

I també té prohibit de fer gimnàstica. Perquè per dues vegades havia arrencat les anelles del sostre i torçat completament les barres de les paral·leles. «Ha-ha-ha!»

Quantes rucades juntes!

Quan ha marxat a buscar les coca-coles per a les «gentils senyores», a la Didi i a la Martina i a la Corinna els ha agafat un atac de riure. «Però què has pescat?», han exclamat. «Com aquest ja no en queden gaires!»

Jo només he dit impassiblement: «Sí, no sabíeu potser que des de fa poc col·lecciono coses de les que ja no en queden gaires?»

No tenia gens ni mica de ganes d'explicar a totes tres la meva amarga i desil·lusionada expectació. I encara tenia una espurna d'esperança que apareixeria per fi l'Stefan i ja veurien les tres què era en realitat el que havia pescat!

Però, renoi!

En Pummel ha tornat amb les coca-coles i continuava amb el seu *one-man-show*. Amb els diners a la butxaca del seu banyador es vantava també de poderós. Els ha comptat tres vegades. I ha indicat que els havia pispat de la butxaca dels pantalons del seu «provecte genitor». Es veu que porta els diners a sobre «escampats» i al vespre, quan està «en oli», no és capaç de notar una estirada a la butxaca dels seus pantalons.

La Didi no tenia ni idea del que significava «estar en oli». En Pummel li ho ha aclarit i li ha enumerat durant deu minuts una llarga llista d'extraordinàries expressions que es poden aplicar a un borratxo, i naturalment no ha oblidat de mencionar que ell mateix s'amara cada cap de setmana dins d'una quantitat considerable d'alcohol, això quan no es «flipa».

Al cap d'una hora la Corinna, la Didi i la Martina ja n'han tingut prou d'en Pummel i les seves fanfarronades. «Ara no volem molestar-vos més», ha dit la Martina i ha rigut ben descaradament.

La Didi ha dit: «Ha estat per a mi un honor conèixer el teu nou amic.»

La Corinna no ha dit res. Al cap i a la fi és la meva millor amiga. Però es veia perfectament què pensava, i no era gens afalagador per a mi!

I després les tres han tornat corrents a les seves gandules i reien com beneites i per fi m'he atrevit a preguntar a en Pummel: «Digue'm, el teu amic, l'Stefan, vindrà després o què?»

«No té temps, avui», ha dit en Pummel. I ho ha dit com si no tingués cap importància ni per a ell ni per a mi.

«Per què no?», l'he burxat.

«Per què no què?», ha preguntat en Pummel. Talment com si ja hagués oblidat que la conversa anava sobre l'Stefan.

«Per què no té temps, l'Stefan?», he insistit.

«Ni idea», ha dit en Pummel. «Li ho pots preguntar tu mateixa demà al tramvia.» Amb això per a ell el tema ha quedat conclòs. Ha posat el magnetòfon tan fort que el senyor i la senyora de la gandula del costat se n'han queixat.

Hauria preferit de tornar a casa. Però he pensat: Ara, després que m'hagi dit que l'Stefan no vindrà, no pots tocar el dos. Semblaria un gest molt estúpid i és descortès!

Així que m'he quedat asseguda al costat d'en Pummel. La Martina i la Didi i la Corinna ens han espiat tota l'estona i xiuxiuejaven entre elles i reien dissimuladament. Llavors m'ha agafat una ràbia desmesurada i m'han vingut ganes de fer exercici. De vegades em passa això. M'he aixecat i he dit a en Pummel: «Me'n vaig a l'àrea de jocs, als aparells gimnàstics!»

En Pummel també s'ha aixecat. Ha dit: «Et faré d'escorta.» Llavors ha volgut penjar-se'm al darrere. I he arrencat a córrer i en Pummel m'ha seguit balancejant-se.

He anat saltant de gandula a gandula. De gandula buida a gandula buida, naturalment. La filera de gandules parada a l'ombra estava totalment desocupada.

I llavors he saltat sobre una gandula que tenia un travesser fluix amb un clau que li sortia totalment enfora i he saltat directament sobre el clau i se m'ha clavat a la planta del peu dret. Oh, maleït infern! He bramat com un toro brau sense vaca! Estava del tot clavada! La punta del clau havia sortit enfora per la part del davant del peu, entre el dit gros i l'índex.

La Corinna i la Didi i la Martina han arribat corrents, i també algunes altres persones, i algú ha cridat: «Vaig a buscar el socorrista!» I en Pummel m'ha agafat les mans i m'ha dit: «Julia, no desesperis, confia en nosaltres, tot s'arreglarà.»

Llavors ha arribat el socorrista. Jo ja ho veia tot completament fosc. Amb estrelles grogues entremig. El socorrista ha aguantat el travesser fluix i en Pummel ha extret el clau del meu peu. La cara se li ha posat totalment blanca. I ha murmurat: «Em desmaio!» (Això ni ho he vist ni ho he sentit, m'ho ha explicat més tard la Corinna. Estava tan k.o. que només sentia un brunzit a les meves orelles i només veia les estrelles dins la foscor.)

En Pummel no s'ha desmaiat. Fins i tot m'ha portat

a la sala de primers auxilis. Allí el socorrista m'ha posat un embenat provisional. I he telefonat a la mama i ha vingut a cuita-corrents amb el cotxe i hem anat a l'hospital amb una ambulància. Allí m'han posat una injecció contra el tètan i m'han fet un embenat més bo.

I ara porto un munt de gases blanques al peu dret i només puc moure'm saltant sobre una cama, i el forat que aquest condemnat clau ha barrinat al meu peu em cou i em crema com un infern.

Segur que aquest manyoc de benes blanques que tinc per peu no m'entra dins d'una sabata. I encara que aconseguís fer-lo entrar tampoc no podria caminar perquè no puc repenjar el peu a terra. Ja ho he probat. He comprimit els dits del peu fortament. Però ha estat impossible! Es veu que no tinc fusta d'heroïna!

Fa un moment la mama volia saber qui era el «pobre desventurat» que s'havia preocupat tan «commovedorament» per mi després de l'accident i que tan terriblement «compadit-preocupat» estava.

«És el més recent dels meus flirts», li he contestat.

La mama només ha rigut. Sincerament una reacció ben grollera! Què passaria si realment m'agradés en Pummel? Llavors seria molt humiliant per a mi.

Bajanades? La mama sap naturalment que un com en Pummel a ningú —i a mi tampoc gens— li agrada. I sincerament encara és més grollera! I no només em refereixo a la mama. Sinó a tots nosaltres. Ell no hi pot fer res si té l'aspecte que té.

I si en Pummel tingués allò que anomenen greix d'aflicció? Es veu que a molta gent tenir molt de greix els ve de preocupacions psíquiques. Però tenir tantes preocupacions com greix té en Pummel, això sí que no és possible. O potser sí?

Parlant d'un altre tema, en Pummel m'ha fet una proposició esbojarrada. Ha afirmat que em podria fer els exàmens de matemàtiques. En Pummel té a casa seva un

Walkie-Talkie. Dimecres, el dia de l'examen de matemàtiques, he de col·locar una part del *Walkie-Talkie* al lavabo de l'escola. Darrere la tassa del wàter. I en Pummel s'asseurà amb l'altra meitat del *Walkie-Talkie* a un petit parc que hi ha al costat de l'escola. Amb un quadern i amb una calculadora. (Que per aquest motiu hagi de fer campana a l'escola, diu que no li importa gens. Ja ha passat totes les assignatures.) I quan el professor de matemàtiques hagi repartit els problemes m'hauré d'escapar pitant al lavabo i dictar-li els enunciats. (Com funciona un *Walkie-Talkie,* diu en Pummel que es comprèn molt fàcilment.)

Amb la poca distància que hi ha entre les latrines de l'escola i el parc, diu en Pummel, la comunicació funcionarà sense cap dificultat. I llavors en Pummel calcularà veloçment els meus quatre problemes. (Operacions tan insignificants i insubstancials com aquestes, diu, un alumne de l'escola industrial pot fer-les amb les mans lligades a l'esquena). I al cap d'un quart d'hora jo només hauria de tornar a anar al wàter i ell m'enviaria els problemes per les ones.

I si realment això fos possible? En Pummel jura per tots els sants que a la seva escola ja ho han fet manta vegada. I sempre ha donat bon resultat. Però em sembla que només és una fanfarronada. Perquè:

En primer lloc, el matemàtic Piesinger desconfiaria si jo anava al wàter tres minuts després que hagués començat l'examen. El pobre home no és pas tan innocent!

En segon lloc, desconfiaria encara més quan veuria que jo era al wàter i que el meu full d'enunciats no era a sobre del pupitre.

En tercer lloc, em podria sentir algú d'una altra classe quan enviés o rebés els missatges. I no tots els escolars saben mantenir la boca tancada.

En quart lloc, el matemàtic Piesinger encara s'estranyaria més quan per segona vegada jo sortís corrents cap al wàter. Llavors hauria de dir que tenia cagarines. (Però en aquest cas hauria de simular també les cagarines durant les hores següents.)

En cinquè lloc, hauria de romandre força estona a la latrina. Agafar d'un dictat fil per randa quatre problemes, necessita el seu temps.

I en sisè lloc, hauria de passar a net els problemes. I malauradament, això no es pot enllestir gaire discretament. A més cal afegir-hi que en Piesinger no llegeix el diari mentre nosaltres ens escarrassem (com els altres professors), sinó que desfila amunt i avall de la classe i ens espia els quaderns.

Tot això és, doncs, una pura il·lusió! Però s'ha de reconèixer que, de fascinant, en té molt aquesta idea.

Dilluns 9 de juny

He passat la meitat de la nit desvetllada perquè el meu peu era martellejat i masegat. Només m'he pogut adormir molt després de passada la mitjanit. He somniat un munt de coses terriblement desordenades, en la piscina, en l'Stefan i en un tramvia i tots giraven al voltant del meu catre. I en Pummel era el tramviaire.

He obert els ulls tres minuts després de dos quarts de vuit! Em sembla que he tingut un sobresalt espantós. Arribar tard a l'escola amb la llengua a fora és un contratemps fastigós quan a la primera hora tens classe de matemàtiques i no pots aguantar en Piesinger ni en pintura i a més l'examen de matemàtiques serà al cap de dos dies.

Amb aquest espant de l'adormida he oblidat el meu peu foradat i he fet un salt per baixar del llit. Malauradament no he posat primer el peu esquerre a terra, sinó el dret. Gemegant pels descosits m'he tornat a estirar sobre el matalàs. Davant dels meus ulls tot era completament negre, negre amb petites espurnes grogues.

Llavors la mama ha entrat a la meva habitació per veure'm. Portava posat el seu ridícul barret blanc, el que té unes ales com llençols i tres roses de seda. I tenia les claus del cotxe a la mà.

Jo he dit (i la meva veu era com un esbufec de gemecs): Per què no m'has despertat? Ara arribaré massa tard!

Ella ha dit (i assenyalava mentrestant el munyoc de gassa): No arribaràs tard en absolut, perquè no aniràs a escola de cap manera!

Jo he dit: Impossible! Avui tenim l'última classe de

matemàtiques abans de l'examen. Practicarem els problemes que entraran per a l'examen.

Ella ha dit (i sacsejava el cap): Amb aquest peu no aconseguiries fer el camí de l'escola mai de la vida!

Jo he dit (implorant): No podries portar-m'hi tu, bona dona?

Ella ha dit (i li han sortit al front les seves tossudes arrugues transversals): El teu peu necessita repòs. Vols baixar saltironant ara tres pisos i a l'escola pujar saltironant uns altres tres pisos? I com tornaries a casa al migdia? Amb una ambulància, potser?

Jo he dit (molt disgustada): Però els exàmens...

Ella ha dit (molt serena): Els faran fins i tot sense tu. Em sembla que no els importarà gaire. Et quedaràs a casa tota la setmana.

Jo he dit (encara més disgustada): Però el meu cinc de matemàtiques trontolla.

Ella ha dit (encara més serenament): Deixa'l que trontolli, si és el que vol. Ja començo a estar d'aquestes estúpides notes fins al capdamunt.

Jo he dit (indignada): Tu? Segurament tant se te'n dóna!

Ella ha dit (ara ja no estava serena, sinó gairebé furiosa): Contínuament no sento altra cosa que mitjanes de notes, i tests i proves de repesca i proves de recuperació. Què significa tota aquesta merda? Si et posen als exàmens un cinc o un quatre és en realitat tan poc interessant com la pàgina cinc del BOE.

Jo he dit (amb el morro totalment obert): Un moment, si us plau, senyora mare!

Ella m'ha interromput (ara ja furiosa del tot): Quin fàstic, n'estic farta, per què he de predicar contínuament coses en les quals no crec? (S'ha assegut al llit a vora meu.) Ets una nena assenyada, ho sé. Que un professor qualsevol et posi un cinc o un quatre, no hi canvia res! (S'ha aixecat d'un salt.) Seria arribar massa lluny que per culpa d'una imbecil·litat qualsevol com és ara una x al quadrat o una y a la tercera t'haguessis d'escorxar el peu anant a l'escola a trompicons! (Ha mirat al rellotge.) I ara me n'he d'anar corrents, l'Huber no vindrà avui a l'oficina. (Ha sortit a cuita-corrents de la meva habitació i ha cridat des del rebedor.) Adéu, fins al vespre, que t'ho passis tan bé com puguis! A la nevera hi ha ous i pernil. Li diré a l'Erika que et porti un paquet de llet! I si no te les arregles sola, telefona a la iaia. Vindrà de seguida! (La porta del carrer s'ha tancat de cop.)

Ara són les dotze. M'acabo de fer un ou amb pernil. Cuinar saltironant sobre una sola cama no és gens fàcil. I és que encara no ho puc comprendre! Com pot tan fàcilment la meva senyora mare canviar completament de la nit al dia la seva conducta mental? No m'hi cap, al cervell. Vaig a estudiar matemàtiques. En primer lloc podria ben bé ser que la mama no hagi canviat gens la seva conducta mental i que el seu refrescant discurs matinal només hagi estat una confusió mental passatgera. I en segon lloc em serà molt útil una bona ració de matemàtiques, i al cap i a la fi la més raonable de les mares no hi tindria res en contra. Si dimecres falto a l'examen m'hauria de presentar la setmana vinent a una prova oral. I si a la prova oral fico la pota, segur que en Piesinger me la deixa per setembre i llavors m'hauria de passar tot l'estiu estudiant. Tant si la mama em considera una nena assenyada com si no.

I llavors necessitaria un professor particular. I els professors particulars bons costen el seu preu. I la mama no té prou diners. I el meu estimat senyor pare prefereix gastar els seus diners en un vol de cap de setmana. I de tota manera tampoc no comprenc per què una bona part dels ingressos de la família s'han d'invertir en una antigalla jubilada que em fa la vida impossible durant les vacances!

La mama ha continuat insistint aquest vespre que —en el fons— se'n fum i se'n befa, de tot això de les notes escolars. Ha dit que des de sempre aquesta havia estat la seva opinió. Des del seu propi temps d'estudiant. Només que creia que no s'havia de dir als fills. A causa de la bona educació i coses així. Però avui havia tingut un xoc. És que el fill d'en Huber, en Xandi, ahir es va voler penjar a les golfes. Perquè li havien donat el certificat de final de curs i tenia tres insuficients. Aquesta matinada, cap a les sis, en Huber ha telefonat plorant a la mama i li ho ha explicat. En l'últim moment en Huber ha trobat en Xandi. I per sort a la seva escala viu un metge. Ell ha pogut reanimar en Xandi.

I per això la mama ha determinat que era molt millor dir-me les seves opinions. No, li sembla, perquè jo també pogués penjar-me. Però segur, segur, que ho ha pensat.

El ventre se'm torna fluix quan m'imagino en Xandi amb la soga al voltant del coll, a les golfes. Bé és cert que al diari he llegit sovint que un escolar s'havia suïcidat per culpa de les males notes. O que s'havia escapat de casa. Però sempre m'havia cregut que els nens que feien coses així havien de tenir uns pares terriblement degenerats. I que es tractava de nens que eren apallissats i que els infligien càstigs alienants. M'imaginava uns pares autènticament sàdics. Però la mare Huber segurament que no és així. I l'Emil, el pare Huber, actua fins i tot d'una manera agradable i divertida.

La mama ha declarat també que l'Emil i la seva dona no havien renyat mai en Xandi d'una manera especialment dura per culpa de l'escola. La Huber, diu la mama, ja feia temps que s'havia conformat que en Xandi hagués de repetir curs. Fins i tot feia poc que li havia dit a la mama: «Què vols fer-hi. També a Einstein el van suspendre una vegada». I segons diuen a l'Emil li importa un rave perquè, per cert, ell no és ni com Einstein perquè en el seu temps va repetir curs dues vegades i malgrat això es considera un Emil intel·ligent.

Com li deu anar ara a en Xandi? Deus tenir una sensació ben decebedora quan et vols suïcidar, i et troben, i continues vivint. Més aviat t'has de disparar un tret o bé més aviat t'has de sentir feliç?

La mama opina que en Xandi ha estat massa ambiciós. Abans sempre havia tret molts excel·lents. I després de cop i volta les seves notes van començar a empitjorar. I això, opina la mama, no ho ha acabat de «pair».

Ja podria ser, però jo no hi posaria les mans al foc. Quan un és ambiciós, estudia. I quan un no és un tros de suro, se'n surt bé a l'escola.

Quan jo trec un suspens, és molt diferent. Durant la primera meitat de curs sóc una gandula rematada. Només per això a final de curs em toca patir. Però els estudiants ambiciosos no es comporten així.

Dimarts 10 de juny

Avui a dos quarts de nou del matí ha sonat el timbre de la porta de casa. De primer moment no em volia aixecar del llit. He pensat: Segur que és el carter o un d'aquells tipus que et volen encolomar una subscripció per a una revista! Però com que el timbre no callava, he saltironat fins a la porta. He obert els ulls com taronges quan he vist el greixós Pummel amb un pom de roses a les manetes, de peu al llindar de la porta. «Quina sorpresa per a la gentil senyora, oi?», ha dit i ha rigut com un porquet de guardiola.

El pobre noi havia muntat guàrdia davant de la meva escola a dos quarts de vuit i ha inspeccionat totes i cadascuna de les noies que hi entraven per esbrinar si podien ser la Corinna, la Didi o la Martina. La Corinna i la Martina no les ha descobertes, però tres minuts després de les vuit ha arribat la Didi esbufegant. Ell no l'hauria reconeguda! Però naturalment ella l'ha reconegut a ell. I no ha parat fins que ella li ha dit la meva adreça.

En Pummel ha estudiat matemàtiques amb mi durant tres hores. Explicant matemàtiques en Gustav segon, el més fort, és realment un fora de sèrie. Ho fa notablement millor que el matemàtic Piesinger. Ho fa encara millor que el papa. Aquest matí he entès més coses que en totes les quatre últimes setmanes juntes. Em sembla que estic capacitada per fer un bon paper a l'examen de demà.

En Pummel ha estat adorablement simpàtic quan, després del quart d'hora inicial, s'ha tret la seva màscara de titelleta.

No em sabria gens de greu tenir-lo com a amic. Però tinc la sospita que ell espera alguna cosa més que amistat. Em mira com un gos famolenc. I contínuament em col·loca on pot una grapa a sobre. I quan li he preguntat per l'Stefan m'ha dirigit una mirada fulminant. La qual cosa confirma la fundada sospita que en Pummel s'ha enamorat de mi. I en aquest respecte no li vull donar cap esperança. Jo i en Pummel, seria totalment absurd.

Però com m'he de comportar, ara? Mentre ell no em declari el seu amor no puc dir-li així com així: Escolta un moment, Gustav el segon, el més fort, entre nosaltres dos no hi ha res que es pugui anomenar enamorament, ja t'ho pots treure del cap!

Però quan em declari el seu amor, llavors ja serà massa tard. Llavors ja s'haurà fet alguna il·lusió i serà molt trist. Déus, merda i trons, que en són de complicades les coses de l'amor.

Dimecres 11 de juny

Ho he intentat i ho he aconseguit! Quina sensació tan agradable! Exactament com si fos una jove-dinàmica-progressista! La mama m'ha portat amb cotxe a l'escola, en Peter i en Michael m'han pujat l'escala a coll i he fet l'examen de matemàtiques. El segon problema i el quart els tinc impecablement bé. Els meus resultats són idèntics als de l'Anatol i els de la Susi, i els dos ho tenen sempre tot bé. I el meu primer problema ha d'estar bé almenys fins a la meitat, perquè el matemàtic Piesinger ha estat una estona dret al costat meu i mirava el meu primer problema i assentia amb el cap i assentia i assentia i ha remugat content per a ell mateix. Llavors ha arronsat el front i ha assenyalat les últimes línies i ha dit: «Torna't a mirar això, no està bé!» He repassat unes quantes vegades el final del primer problema i sempre em donava un resultat diferent. Un dels dos havia de ser el bo. Només que, per desgràcia meva, no he esborrat el dolent. Ara depèn de l'humor que tingui en Piesinger si me'l dóna per bo o no. Si me'l dóna per bo tindré un 7.5. Però en el fons no el necessito, amb un cinc pelat ja en tinc prou, i segur que el tinc. Què més puc demanar!

A les deu el papa ha passat a recollir-me a l'escola i m'ha portat a casa amb cotxe. S'ha estat a casa fins a migdia. Hem jugat a Scrabble. I el papa ha cuinat per a mi sopa de verdures. Amb rostit i amanida. Estava tot autènticament deliciós.

Quan algú m'ho pregunta, jo dic sempre que fa temps que he superat la separació dels meus pares. La majoria de vegades crec que és veritat. Però quan el papa —com ara avui— és a casa nostra, i va amunt i avall i fuma en pipa i cuina i enraona i juga amb mi, llavors em poso totalment elegíaca i penso: Així hauria de ser sempre! I llavors somnio que el papa es reconcilia amb la mama i torna a casa i s'hi queda per sempre.

El papa m'ha portat de Londres una samarreta. I un parell de sandàlies. La senyora Hoschek té sensiblement més bon gust que les seves predecessores. La samarreta està força bé. Verd poma i llampant. Quedará molt bé amb els pantalons de la Corinna. I les sandàlies són una meravella. De tots colors. Vermell-verd-blau-groc-rosa-taronja i lila. Cada tireta té un color diferent. I el taló dret és vermell. I el taló esquerre es blau.

Les andròmines que les ex-amants del papa triaven per a mi, eren, la immensa majoria, per anar directament a canviar. Només que malauradament no portaven la factura, sense la qual és impossible canviar res. Especialment aquella Sabine, l'any passat, era la sublimació del mal gust. Una vegada em va venir el papa amb uns guants de vellut rosa. Tenien orelles de porquet i morro de porquet i uns ulls rodons de feltre.

I una vegada em va obsequiar amb un impermeable de volants estampat amb flors blaves.

He pensat que ho trencaré tot junt.

Com que la samarreta i les sandàlies m'han agradat molt, es veu que el papa s'ha sentit orgullós de la seva acompanyant i per fi ha admès que aquesta Hoschek no és una companya del comitè d'empresa i que s'ho ha passat molt bé en aquesta escapada a Londres. Ha confessat que se li feia molt difícil parlar amb mi de les seves amigues. Segons diu el miro molt durament pel sol fet de mencionar un nom de dona. Quina gràcia! Quan el miro més durament és quan no té temps per a mi per culpa d'una amiga. D'amigues en pot tenir tantes com en vulgui mentre les senyores no ocupin el meu temps paternal.

Probablement jo seria realment dura si es tornés a casar i tornés a tenir un fill. La competència com a filla no la necessito per a res. Però aquesta tardor el papa farà quaranta anys. I de tota manera en aquesta edat ja no es tenen més fills. Sobretot si ja has de pagar la pensió d'un fill crescudet i no ets cap milionari!

En Pummel ha tornat a venir. A la tarda s'ha presentat amb un paquet de caramels. Volia explicar-me matemàtiques una altra vegada. Però no sóc massoca i no estudio mai res després de l'últim examen.

Ara estic realment segura que en Pummel desitja més que una normal amistat amb mi. M'ha volgut fer un petó! Hauria estat un petó a la galta, però jo l'he esquivat hàbilment. He girat ràpidament el cap com si no hagués endevinat la seva intenció i en Pummel ha petonejat l'aire. Desagradable, desagradable! Això no pot continuar així. Per demà al matí en Pummel ha anunciat una nova visita. Li he dit que abans de venir telefonés. Perquè havia d'anar al metge a fer-me mirar el peu.

«I encara no sé quan hi hauré d'anar», he mentit a en Pummel. Naturalment, sé quan tinc hora al metge. Però amb tota probabilitat demà a la tarda em visitarà la Corinna. I no estic disposada que trobi en Pummel a casa meva. Ja en tinc prou que m'hagi vist amb ell a la piscina. Si veia el tipus també a casa meva instal·lat al meu costat ja donaria per descomptat allò que a ell li agradaria tant i no em creuria quan li diria que no hi havia res de res.

Ja puc repenjar una mica el taló del peu foradat. Amb una espardenya al peu dret coixejo admirablement. Però malgrat tot demà també faltaré a l'escola. Divendres m'hi presentaré sana i estàlvia. I com que sóc molt honrada diré que només ho faré per poder tornar a veure l'Stefan al tramvia. Al cap i a la fi només queden dues setmanes fins a les vacances. I si en aquest temps no sorgeix res entre ell i jo, ja no sorgirà mai més res!

Dijous 12 de juny

Oh! maleït infern, perquè m'han de passar a mi aquestes coses! Encara tinc els ulls com unes taronges i se'm fan butllofes al cervell de pensar el que m'ha ocorregut avui.

Tenia hora a les cinc perquè el Dr. Berger examinés el forat del meu peu. (Per cert, ja no hi tinc cap forat i el Dr. Berger m'ha felicitat per haver-me curat tan de pressa.)

Com que el meu clauer porta vint claus (naturalment no les necessito, només hi són per donar embalum al clauer i poder-lo trobar així més fàcilment dintre de la meva cartera) i m'he posat el vestit vermell, i com que el vestit vermell no té butxaques i no volia portar cap bossa, he sortit de casa sense clau. He tancat la porta de casa de cop. (Encara que la mama, a causa dels lladres, s'estima més que tanqui sempre el pany de dalt i el de baix i el del mig. Però, qui pot voler robar a casa nostra?) Fins que no he tornat de cal Dr. Berger pensava que la mama després de la feina tornaria directament a casa. (Perquè per avui no hi havia anunciada cap hora extra.)

I de tota manera tenia el cap confús perquè la Corinna m'havia atabalat durant dues hores i a més havia plorat amargament. La seva mare definitivament vol casar-se amb l'Erwin. I la Corinna no pot sofrir gens l'Erwin. I les seves dues filles tampoc gens. I després del casament l'Erwin vol portar a viure les seves filles a casa de la Corinna. La Corinna, per aquest motiu, haurà de desallotjar la seva espaiosa cambra i canviar-se a la habitació que hi ha darrere de la cuina. Aquesta habitació dóna al celobert. Les dues filles de l'Erwin s'instal·laran a la seva preciosa cambra. Realment a l'habitació de la cuina no podrien viure bé dues persones.

He dit a la Corinna: «Llavors ves a viure amb el teu pare i deixa sols aquests indesitjables.»

Però llavors la Corinna només s'ha posat a plorar. Es veu que el seu pare no la vol. Ara té una altra dona i ha tingut dos fills més, i la nova dona no vol la Corinna de cap de les maneres.

L'àvia de la Corinna no tindria cap inconvenient que la Corinna anés a viure amb ella. Però la mare de la Corinna no ho vol. Hi està estrictament en contra. Ha dit a la Corinna: «Si és veritat que no pots de cap manera viure amb l'Erwin i les seves filles, llavors no m'hi casaré.» Ho ha dit com volent dir: O.K. arruïna la felicitat de la meva vida, tu, petita i infame egoista.

Ara la Corinna —d'una manera o d'una altra— té la desgràcia a la mà. Si accedeix, haurà de viure amb l'estúpid de l'Erwin i les seves filles a la mateixa casa i serà infeliç. Si no accedeix, serà eternament culpable de la infelicitat de la seva mare. Realment totes aquestes coses dels grans estan subtilment tramades!

Si amb tot això que m'ha explicat la Corinna no hagués tingut el cap tan confús i espès, m'hauria recordat que avui la mama no tornava a casa després de la feina perquè s'havia de trobar amb l'Alice perquè havien d'anar plegades a una festa d'aniversari d'una tercera amiga. Però només me n'he recordat quan tornava de la consulta del Dr. Berger. Naturalment hauria pogut telefonar a l'Alice. Però no he volgut fer-ho. La mama explica contínuament que té una «sensació desagradable» quan surt a la nit i em deixa sola a casa. I jo sempre li explico que això fa riure perquè ja no sóc una *baby* i m'espavilo molt bé tota sola. I ara que per una vegada s'ha animat a sortir, li ho he d'espatllar jo? La mama hauria de travessar amb cotxe tota la ciutat per obrir-me la porta de casa. I la seva pueril teoria, que no m'espavilo sense ella, quedaria demostrada.

Això és el que rumiava mentre amb penes i treballs baixava saltironant l'escala del Dr. Berger. I se m'ha ocorregut que el papa també té una clau de casa. No l'ha tornada mai. He saltironat fins a una cabina telefònica i he telefonat a casa del papa. Comunicava tota l'estona. Si comunica, m'he dit, és perquè el papa és a casa i parla per telèfon. N'estava molt segura! He saltironat fins al tramvia i he anat a casa del papa. El papa viu força lluny de nosaltres, en un gratacels, a l'onzè pis. Quan pujava amb l'ascensor el peu m'ha començat a fer bastant de mal. Arrossegar el peu des de la parada del tramvia a través del parc fins a casa del papa ja hauria estat un esforç suficient per al pobre ferit. Però a més m'havia apressat molt per por que el papa no se n'anés mentre jo era pel camí.

La casa del papa és força petita. Té una cambra de bany minúscula, un rebedor minúscul, una cuina minúscula i una habitació gran que el papa fa servir de sala d'estar i de dormitori. Quan he arribat davant la porta del papa he sentit soroll d'aigua que queia. He pensat: Ah, el papa s'està dutxant!

He trucat el timbre amb tres trucs curts i un de llarg. Aquest senyal amb el timbre el vaig acordar amb el papa. Esperava un «un moment, Julischka, de seguida vinc» del papa. Però a part del soroll d'aigua que queia, no es podia sentir res més. Així que he trucat una altra vegada curt-curt-curt-llarg. Llavors ha cessat el soroll d'aigua i una veu de dona ha cridat: «Qui hi ha, si us plau?»

De seguida he reconegut la veu. Era la dona amb la qual havia parlat per telèfon. La de la veu greu.

«Sóc jo», he dit. Ja sabia que era una resposta poca-solta. Però de tota manera, tot allò que diguis ha de ser ben poca-solta quan parles a través d'una porta tancada amb una dona desconeguda que està a la banyera del teu pare.

«Qui és jo?», ha preguntat la veu greu. Per la remor que se sentia en un segon terme, la dona devia estar sortint de la banyera.

M'ha fet molta ràbia. Ja sé que és una reacció igualment poca-solta. Però de tota manera, també és poca-solta que t'hagis de deixar interrogar com si fossis una venedora ambulant davant de la porta de casa del teu pare. I com que tot plegat era ben poca-solta, he decidit girar cua. He tornat saltironant cap a l'ascensor. Naturalment era en un altre pis. Abans que arribés al meu, s'ha obert la porta del papa. La dona ha mirat a fora. Portava el barnús del papa. Dels cabells rinxolats li queien gotes a les espatlles. La dona m'ha mirat. «Ets la Julia?», ha preguntat.

Lògic i fàcil, perquè ha sabut de seguida qui era jo. Al cap i a la fi el papa va repartir per la seva habitació set fotos meves que va penjar a les parets, fins i tot una de grossa com un pòster.

No m'ha quedat més remei, doncs, que tornar saltironant a la porta del pis, tot i que l'ascensor ja havia arribat.

«Volia veure el papa», he dit.

«Malauradament no és aquí», ha dit la dona i m'ha fet passar al rebedor.

He dit: «En realitat no volia veure el papa, en realitat només volia agafar la clau de casa nostra.»

«En això no puc ajudar-te, malauradament», ha dit la dona. «No sé on deu ser.»

La ràbia s'ha intensificat, la que m'havia agafat davant de la porta del pis, molt enèrgicament. Per què? Perquè la senyora es comportava com si formés part de la casa i de la vida del papa i com si jo no fos més que una visita qualsevol. Però l'ordre estava invertit! Jo formo part de la vida del papa. I les dones canvien! Fins i tot de vegades canvien tan ràpidament que no aconsegueixo ni veure'ls la cara una vegada.

He saltironat cap a l'habitació, fins a la tauleta de nit del papa, he agafat les claus del calaix i me les he guardades.

La dona ha dit: «Ei, Julia, no sé si el teu pare ho trobarà bé, això.»

Ara sí que m'agafen ganes d'escanyar-li el coll! No sap si tinc permís per agafar les claus de casa! Una pècora! Una foca! Una mussola!

M'he estirat a sobre del llit del papa. En primer lloc perquè el meu peu em feia realment mal, i en segon lloc, perquè volia demostrar que tenia tots els drets en aquella casa. En tot cas més drets que d'altres persones.

Ja ho sé que això era també poca-solta. Primer no volia entrar al pis de cap manera i després m'hi he volgut imposar! Quan es tracta del papa, puc adequar el meu comportament a qualsevol circumstància.

«Què li ha passat al teu peu?», m'ha preguntat la dona. «T'has fet mal?»

He assentit amb el cap i només he dit: «Malauradament un clau rovellat me'l va traspassar.»

La dona m'ha mirat esgarrifada i després ha preguntat: «Puc oferir-te alguna cosa? Te o llet? També tenim aigua mineral, em sembla.»

Oferir-me alguna cosa! Això ho ha de dir la mestressa de la casa al convidat! I si a la casa no hi ha cap mestressa, llavors la filla s'ha de fer càrrec d'aquest deure! I no pot ser d'altra manera! «Tenim!» A qui inclou aquest tenim?

M'hauria estimat més de dir: Estimada senyora, em sembla que està canviant els papers! Però com que sóc una jove ben educada no li he dit res i he sacsejat el cap.

Llavors la criatura m'ha preguntat innocentment: «O potser un suc de fruita?»

Jo amb un suc de fruita! Com si encara anés al parvulari! I per mostrar a la pècora com n'estava, d'equivocada, m'he arrepapat una mica i he dit somrient: «Un cafè exprés, em vindria de gust, però molt curt, si us plau.»

«Ja està fet.» La pècora també ha somrigut, s'ha passat tots deu dits pels cabells, que ja no degotaven.

En canvi ara les espatlles del barnús del papa estaven amarades.

La pècora ha desaparegut cap a la mini cuina, i jo m'he rigut burleta perquè la nostra màquina elèctrica de fer cafè exprés que ara està a casa del papa té la seva malícia. Si no es posa el colador amb el cafè de la manera adequada l'invent no pirula i en surt un cafè que només podria servir perquè una endevina llegís el solatge. De seguida he rigut encara més perquè he sentit que la pècora renegava a la cuina. I llavors ha tret el seu cap mullat de la cuina i ha dit: «Ho sento, però amb aquesta merda de màquina no es pot fer cafè. Deu estar espatllada. Et va bé un cafè fet amb filtre?»

M'he aixecat, he sospirat amb una dolçor exagerada, he saltironat cap a la cuina amb una coixesa exagerada, he netejat de solatge totes les peces de la màquina de cafè, d'on encara no havia sortit, i m'he fet un exprés, un exprés de primera.

«Fantàstic, com ho has fet!», ha exclamat la pècora, com si es volgués reconciliar. «En vols fer també un per a mi? I m'ensenyes què és el que he fet malament?»

Li he fet un exprés. Però com s'ha de fer perquè surti bé, no li ho he ensenyat. Els oferiments d'amistat que no han sortit de mi, rarament els aprecio.

Amb les tasses de cafè hem tornat a l'habitació. Jo m'he assegut al llit i la senyora a terra a prop meu. No dèiem res. Només bevíem els nostres cafès. La dona ha tret cigarretes i un encenedor de la butxaca del barnús i ha atrapat el cendrer de la tauleta de nit. «Tu també en vols?»

M'ha mostrat el paquet de cigarretes. He fet que no amb el cap. En primer lloc perquè no fumo. I en segon lloc ja em conec la cançó! La Sabine, l'any passat, també em va oferir una vegada una cigarreta, i jo la vaig agafar, i després va dir al papa que jo era una «nena pervertida» perquè amb tretze anys ja «fumava com un carreter».

Discretament observava de cua d'ull la pècora mentre fumava i he pogut comprovar que no és gaire més alta que jo ni tampoc gaire més grassa. Però segur que té més de trenta anys. Això m'ha sorprès. Fins ara totes les amigues del papa havien estat sempre força joves.

Llavors ha dit la senyora: «Perdona, ni tan sols no m'he presentat...»

«S'ho pot estalviar», l'he interrompuda. «Vostè és la Susi Hoschek.» Que la Hoschek es diu Susi, m'ho va explicar el papa després d'haver confessat la veritat del seu viatge a Londres.

La senyora ha apagat la seva cigarreta, tot i que encara era bastant llarga, s'ha aixecat, s'ha passat un altre cop tots deu dits pels cabells i ha dit: «Malauradament estàs en un error. Em dic Käthe Windisch.»

Desagradable, desagradable.

He col·locat la meva tassa de cafè a sobre de la tauleta de nit i m'he aixecat. «Ara me n'he d'anar», he mormolat.

«Espera un moment, et portaré a casa», ha dit ella.

Com que el meu peu em feia un mal atroç per culpa de la caminada li he acceptat l'oferiment. La falsa Hoschek s'ha tret el barnús i s'ha posat unes calces i una brusa i uns jeans. S'ha canviat davant meu sense cap escrúpol. De passada he pogut comprovar que el seu cos és més jove que el seu rostre. Al voltant dels ulls té petites arrugues i també una mica de pota de gall. Però de la barbeta en avall és completament llisa i llustrosa i amb unes corves perfectes.

Amb l'ascensor hem baixat fins al garatge soterrani i he saltironat darrere de la falsa Hoschek fins al seu Volkswagen escarabat amb el sostre estripat. Al seient del costat del conductor hi havia un sabatot Adidas, un d'enorme. Talla 46, si fa o no fum. La falsa Hoschek l'ha llançat als seients del darrere.

«El meu senyor fill», ha dit, «té la tendència d'escampar les seves pertinences als quatre vents».

Hem sortit del garatge, la falsa Hoschek no m'ha preguntat ni per la meva adreça ni pel camí que calia agafar. Ben al contrari ha enfilat a bona velocitat cap on jo visc, ha agafat el camí més ràpid —a través de petits carrerons— i hem anat a parar al nostre barri. I sense vacil·lar s'ha aturat directament davant del nostre portal. M'he quedat de pedra! Fins i tot la Corinna em diu cada vegada que ve a visitar-me que ha d'anar mirant totes les portes del barri i que fins que no en porta set o vuit no arriba a la nostra, perquè totes les cases de la filera semblen iguals, i els jardins de davant també, i que els minúsculs cartells amb els números que hi ha a la vorera semblen posats de tal manera perquè només la gent perspicaç pugui desxifrar-los.

He trobat que el fet necessitava una explicació!

«Com és que sap exactament on visc?», li he preguntat.

«No, és que sóc una mica bruixa», ha dit la falsa Hoschek. Es veia ben bé que la meva pregunta no li havia fet gens ni mica de gràcia.

He esperat encara un parell de segons, i com que no obtenia cap més explicació he dit: «Gràcies per portar-me a casa», i he baixat. Abans que no es tanqués la porta, la falsa Hoschek ha dit: «Havia portat alguna vegada el teu pare a casa, quan encara vivia aquí.»

I ara que estic asseguda rumiant tot això, se'm fan arrugues al front i les butllofes borbollegen al meu cervell, perquè no m'ho puc explicar! El papa va marxar de casa nostra quatre mesos abans del divorci. La senyora Windisch coneix, doncs, el meu pare almenys des de fa dos anys i mig. Com és que jo no coneixia la senyora Windisch?

He sentit a parlar de la Hoschek, he parlat per telèfon amb la Kitti, he estat una bona coneguda de la Sabine i de la Gerti, he passat revista a la Karin, a la Poldi, a la Beate i a l'Agnes i a tot un seguit de «passavolants», de les quals en aquest moment no puc recordar ni el nom ni la cara. D'una tal Käthe Windisch no n'he sentit mai a dir res! D'una banda la vida amorosa del papa no m'interessa gens. De l'altra banda la vida amorosa del papa m'interessa i molt, quan aquestes «senyores fixes» es barregen en la meva vida. La Gerti —per exemple— sempre volia ser «al mig com el dijous» quan m'havia de trobar amb el papa i jugar a papa-mama-nena. La Sabine volia immutablement reduir el temps que el papa reservava per a mi tant com fos possible. En aquella època, contínuament vaig haver de sentir del papa: «He d'arribar puntual a casa de la Sabine, té entrades per al cine!» I si no havia reservat entrades de cine, tenia el rostit al forn, o esperava convidats, o l'havia d'anar a recollir a casa sa mare. I la Poldi tenia un nen de tres anys, un nen guenyo que, segons la seva opinió, jo havia de vigilar mentre jugava al parc, mentre ella i el papa es bevien uns quants Martinis. La Karin era molt esquiadora i cada cap de setmana volia anar a raure a la neu i no apreciava la meva companyia i va proposar al papa que em canviés un cap de setmana que tocava filla per dues tardes de dies de cada dia. I la Beate fins i tot instigava el papa en contra meu. Una vegada va pretendre que jo li havia agafat diners del portamonedes. I el papa gairebé que la va creure. L'Agnes volia «congeniar» amb mi i jugava a nosaltres-dues-amigues-ens-entenem-perfectament. I em telefonava a casa gairebé cada dia i volia que ens trobéssim sense el papa, però la mama es va enrabiar molt.

Aquesta Kathe Windisch m'interessa, doncs, una mica! Segur que no és cap passavolant. Les passavolants no reben del papa una clau de casa, no aparquen el seu cotxe a la seva plaça de pàrquing i no coneixen la nostra casa.

No m'agradaria trobar-me de sobte —com la Corinna— davant del fet que un membre dels meus progenitors es casés, i molt menys encara amb algú que tingués un fill amb un sabatot del 46. Vés amb compte i ull viu, em diu una veu interior.

PD:

De fet podria preguntar a la mama per la Windisch. Si la Windisch coneix el papa des d'abans del divorci, la mama n'ha d'estar assabentada. El detectiu la informava de tot.

Però si la mama em dóna o no una informació fidedigna és una altra qüestió! Si més no, ho podria intentar. En aquest moment mantenim unes relacions enormement bones.

Divendres 13 de juny

El meu Stefan es diu de cognom Sipek. El seu aniversari és el vint de setembre. Farà setze anys. El seu plat preferit és un bistec, mig fet, i també li agrada el peix. Té una germana gran i un germà petit. I els seus pares no deuen ser precisament els éssers més agradables que hi ha sobre la terra. A l'escola es pot dir que només treu bones notes, si no ja no aniria a l'escola, ha dit, perquè el seu pare ja l'hauria col·locat com a aprenent en un lloc o altre. El germà petit encara va al parvulari, només té cinc anys. Quan va venir al món, la mare de l'Stefan tenia més de quaranta anys. Que carrossa! Més aviat semblava una àvia!

Què sé més encara de l'Stefan? Quan riu, se li fan tres clotets. Un a la barbeta i un a cada galta. Quan rumia, se li fa una arruga vertical al front, i quan està confús belluga el lòbul de l'orella. De diners en té exactament tan pocs com jo. I la casa on viu és la que hi ha enfront mateix de la parada del tramvia.

Aquest matí he arribat al tramvia massa d'hora perquè havia calculat que per culpa del peu coix trigaria sis minuts. Però es veu que coixejar no exigeix gaire estona. Amb els quatre minuts de costum n'he tingut prou per arribar, i l'Stefan encara no estava repenjat al senyal de la parada. He deixat passar dos tramvies, després ja eren les vuit menys tres minuts i ja volia fer mitjà volta i tornarme'n a casa, en primer lloc perquè només havia determinat anar a escola per compartir el trajecte amb l'Stefan, i en segon lloc perquè de tota manera ja era massa tard, i en tercer lloc el peu em feia un mal horrorós perquè havia renunciat a les espardenyes d'invàlida i havia fet cabre el peu, embenat i tot, dins d'una vamba de tennis. I la vamba de tennis m'estrenyia com una mala cosa. El problema era que en el primer tramvia que havia deixat escapar viatjava la Henne. I no he pogut saber si m'havia vist o no. En el moment en què he decidit que en el fons això no tenia gaire importància perquè podia dir a la Henne que anava camí de l'hospital per a una revisió del peu, l'Stefan ha sortit de la casa que hi ha enfront de la parada. El semàfor era vermell per als vianants. Ell no podia travessar el carrer. I en aquell instant precís ha arribat un tramvia a la parada. Com que a part de mi no hi havia ningú a la parada i ningú no volia baixar, el conductor només ha fet una breu parada i de seguida ha tornat a arrencar, abans que el semàfor es posés verd per als vianants.

Ara per a l'Stefan ja havia de ser clar com la llum del dia que l'esperava a ell. Desagradable, desagradable! Però també és veritat que també per a mi va estar molt clar les dues vegades que m'havia esperat. I no per això em va semblar estúpid!

Quan el semàfor s'ha posat verd l'Stefan ha arribat fins a mi travessant el carrer. Aquesta vegada m'ha saludat. «Hola, Julia», ha dit. S'havia assabentat, doncs, del meu nom per en Pummel. I després ha dit: «Avui sí que m'he adormit.» Jo assentia amb el cap com una bleda. Ha mirat el meu peu. «Encara et fa mal?», ha preguntat.

He tornat a moure el cap com una bleda.

«En Gustav m'ha explicat com et va passar», ha dit, i jo he tornat a moure el cap com una bleda. Ell ha mirat el seu rellotge. «Avui ja no arribem a l'hora», ha dit sospirant.

He estat a punt de tornar a moure el cap com una bleda, però m'ho he prohibit i he dit: «Avui no aniré pas a classe. Encara estic de baixa. Només volia provar com podia anar-hi».

Això era clarament una excusa idiota. Qui pot provar a les vuit del matí amb una motxilla a la mà si pot fer un trajecte o no? Però també era clarament una proposició, i el cor m'ha començat a bategar fort per la tensió de veure si l'Stefan acceptava la meva proposició o no.

A l'Stefan se li ha fet una arruga del nas cap amunt. «Ah, bé», ha dit. «Tornes a casa?»

«Ben a poc a poc», he dit.

Ha mirat cap a casa seva. «De fet jo tampoc no tinc cap ganes d'anar a l'escola», ha dit. «Però la meva mare és a la finestra.» Ha assenyalat cap al primer pis. «No té cap necessitat de saber-ho. Pujaré al pròxim tramvia i baixaré a la parada següent. Després tornaré. On ens trobarem?»

«Aniré fins a l'altra parada amb tu», he proposat, i he pres l'actitud de l'estruç perquè dintre de la sabatilla de tennis el meu peu malalt m'ha començat a fer un mal espantós.

Quan ha arribat el tramvia, he premut fort tots els dits del peu i he saltat fins a la porta d'entrada. Gairebé que no arribo a l'estrep. Aquest peu estúpid no m'havia fet tan de mal ni el dia de l'accident. Fins i tot em queien dels ulls llàgrimes de dolor.

Heroicament m'he aguantat durant tot el trajecte. A la parada l'Stefan m'ha ajudat a baixar del vagó. He saltironat sobre una cama fins a la vorera i m'he tret la sabatilla de tennis. Potser m'alleujaria una mica! Però l'Stefan ha opinat que no podia posar directament a terra el peu amb la bena. Podria entrar porqueria a la ferida.

«Tens un xíling?», ha preguntat bellugant el lòbul de l'orella. «Jo estic el que es diu totalment arruïnat.»

«Jo també», he dit. Però he trobat una moneda a la butxaca dels pantalons. «Per a què el vols», he preguntat.

«Per comprar una bossa de plàstic.» L'Stefan ha agafat la moneda i ha anat corrents fins a una botiga d'esports que hi ha prop de la parada. De seguida ha tornat amb una bossa de plàstic enorme. Encara tenia la moneda.

«Me l'han regalada», ha dit, i m'ha tornat la moneda. Llavors ha posat el meu peu dins la bossa del plàstic, ha tret una goma de la butxaca de la camisa i hi ha subjectat la bossa al voltant del meu turmell.

No hem tornat per l'avinguda, sinó que hem tombat per un carrer lateral. L'Stefan tenia por de trobar-se la seva mare de cara. «Cada matí a aquesta hora porta el meu germà petit al parvulari!»

El meu peu es trobava molt còmode dins la bossa. Però tampoc no volia estar-me gaire estona passejant. I com que cap dels dos no teníem diners el petit cafè del nostre barri no era cap possibilitat. I la geladeria tampoc. Així que he preguntat a l'Stefan si volia venir a casa meva.

Ha volgut. Però només quan ha comprès que la meva mare era a l'oficina.

Ens hem assegut a la terrassa de la sala d'estar. L'Erika, la nostra veïna de l'esquerra, sortia cada deu minuts a la seva terrassa. Una vegada ha regat les flors, una vegada ha netejat la butaca de vímet, una vegada ha posat aigua a l'abeurador de l'ocell, una vegada ha arrencat fulles seques dels geranis. I això que mai no surt a la terrassa al matí.

Una filera de cases com la nostra fa força goig. Molts coneguts ens envegen la terrassa i els petits jardins interiors. Seria realment bonic poder seure al sol sense haver d'anar a un parc o sense haver de sortir de la ciutat. Però sense cap nosa! I en el nostre cas, això no succeeix. Tot allò que passa a les terrasses i als jardins arriba als veïns amb tota mena de detalls. Ho ben asseguro! Quan la mama i jo seiem al vespre a la terrassa i al costat l'Erika i en Hermann juguem a cartes, de vegades podem sentir fins i tot com en Hermann es tira pets i els comptem i la mama em xiuxiueja: «Tretze vegades és tot un rècord, fins i tot per a ell. Deuen haver menjat mongetes seques.» I jo li contesto xiuxiuejant: «No, han menjat Gulash. He sentit olor de nap.»

I quan l'Ingrid i en Peter, els de la nostra dreta, reben

un bolet del seu pare, no només sentim els plors de l'Ingrid i del Peter, sinó que ja els podem anticipar quan sentim el soroll de la bufetada.

Per això no volia que l'Erika pogués entendre tot el que dèiem l'Stefan i jo i hem entrat a la sala. L'Stefan s'ha entusiasmat amb els nostres discos. És que és un autèntic fan del jazz. I ara pensa que jo també en sóc. I la que ho és és la mama. No li he aclarit l'error. Fins a dos quarts d'una l'Stefan ha estat escoltant discos d'en Charlie Parker. Després encara ha menjat tres entrepans de salsitxa i ha begut una ampolla de cervesa. I jo li he regalat un paquet de cigarretes de la reserva de la mama. El disc de Charlie Parker que tenim repetit, també l'hi he volgut regalar. Però no se l'ha emportat. Hem acordat que el disc li pertany i que el deixava a casa meva i així el podrà escoltar cada vegada que vingui a visitar-me. I això significa: Vol tornar a estar amb mi en el futur!

A dos quarts de dues l'Stefan se n'ha anat a casa seva. Volia quedar per fer alguna cosa per demà o per demà passat. Però els caps de setmana el papa està abonat a mi.

Només en el cas que el papa no tingui temps en aquests dos dies, he promès a l'Stefan que li telefonaria. Amb el papa passa de vegades que de sobte té alguna altra cosa en perspectiva. Aquesta vegada això no em molestaria especialment.

PD:

L'Erika, naturalment, ha explicat a la mama que aquest matí he estat a casa i he tingut visita. S'ha quedat amb un pam de nas quan la mama li ha dit: «Molt sensat per part seva. Ja li he dit que encara li costaria caminar.» Naturalment la mama m'ha preguntat per la identitat del noi del qual l'Erika li havia parlat. L'he enganyada dient-li que era un que anava a la meva escola. Un que no tenia cap ganes d'anar a classe. Per què li ho he explicat és per a mi mateixa un misteri. A la mama tan li fa una cosa com l'altra, si l'Stefan va a la meva escola o a una altra. Potser començo a caure en els mateixos vicis que el meu pare i m'agraden més les mentides que la veritat.

A propòsit del papa! Durant el sopar he preguntat a la mama si coneixia una tal Käthe Windisch.

«Naturalment», ha dit la mama. «Perquè ho preguntes?»

«Perquè es banyava a la banyera del papa», he contestat. Llavors la mama ha sacsejat el cap i ha murmurat: «És llegendari! Els vells amors no es rovellen mai.»

Evidentment aquesta informació no m'ha semblat suficient. Però la mama no tenia cap ganes d'afluixar més informació. Hauria de demanar-ho al papa, ha opinat. Però la mama al final ha necessitat divulgar-ho. Això: La Käthe Windisch va anar a escola amb la mama, des del primer curs de bàsica fins a cou. En aquella època el seu cognom era Janda. I quan feien vuitè la Janda-Windisch es va enamorar del papa. Van festejar dos anys. Llavors el papa es va enamorar de la mama. Però la mama no volia «pispar» l'amic a la seva amiga, i llavors el papa va «plantar» la Janda-Windisch i es va encaterinar d'una altra i llavors la mama li va «pispar» el papa a l'altra, amb la qual no havia de ser lleial. I llavors el papa i la mama es van casar. Malgrat tot la Käthe es va emprenyar amb la mama. I va trencar la seva amistat amb ella. I com que després va venir el divorci i la Käthe se'n va assabentar per una amiga, va «consolar» el papa. No va ser ella la causa del divorci. Després del divorci, m'ha explicat la mama, el papa va viure unes quantes setmanes amb la Käthe Windisch. Fins que va conèixer la Gerti. La mama ja no en sap res més.

De fet he trobat fantàstic que un amor pugui perdurar durant tant de temps. Això fa ben bé olor «d'amor autèntic».

Dissabte, 14 de juny

M'havia citat amb el papa a les deu. Falten cinc minuts per a les deu i encara no m'he arreglat. Però el papa no és mai puntual. La majoria de vegades telefona deu minuts més tard del termini concertat i diu que farà «una miqueta» tard.

El papa i jo anirem a Burgerland. Passarem la nit allí en un hotel.

Avui la mama fa una neteja a fons. Quan el sol entra per les finestres brutes es posa intranquil·la i corre a agafar una galleda d'aigua i baietes. A l'hivern no li agafa aquesta mania persecutòria de la pols. Tinc un sentiment de culpabilitat. En aquests darrers dies hauria pogut fer una mica de dona de fer feines mentre no he anat a classe. Ara la mama no hauria de malgastar el seu cap de setmana lliure per fer neteja. Sóc una gandula rematada! Però des de dilluns faré cada dia una hora de neteja. Paraula d'honor!

Falten deu minuts per les onze i el papa ha telefonat dient que no podrà venir fins a les dotze. Es veu que el seu cotxe té alguna cosa espatllada i des de les set del matí ell i en Harri estan remenant el motor. Potser sigui veritat. Però per què el merdós no m'ha telefonat ja a les set? En aquest cas hauria pogut anar a escola. El peu ja gairebé que no em fa mal. I ja no necessito l'espardenya d'invàlida perquè la mama ha tingut una idea genial. Al peu sa m'he posat una vamba de tennis meva i al peu foradat una vamba de tennis de la mama. És un número i mig més gran. La meva vamba de tennis és verda, la de la mama és rosa. Per això al peu de la sabata verda m'he posat un mitjó rosa. I al peu de la sabata rosa m'he posat un mitjó verd. I a més m'he posat la faldilla florejada verda i rosa de la mama, i sembla com si tot formés part d'una moda intencionada.

Ara són les dotze i el papa encara no ha arribat. La Corinna ha telefonat i m'ha informat que l'Hugo els ha llegit les notes. He tret un vuit de Química. Perquè durant l'any he tingut una mitjana de vuit. I he treballat sempre amb aplicació! L'Hugo és un tros de pa! Jo i la meva aplicació! Això faria riure un galliner sencer. Però és veritat que durant totes les classes de Química he treballat amb aplicació. Com una abella laboriosa feia sempre els exercicis de llatí.

En Pummel també m'ha telefonat. Volia convidar-me a anar a la piscina. Volia venir-me a visitar. Volia portar-me a fer una volta amb la motocicleta. Volia convidar-me a prendre un gelat. «Gustav segon, el més fort, és desmoralitza quan no veu la seva Julia», ha grinyolat per telèfon.

Què significa aquesta «la seva» Julia? Una possibilitat seria explicar-li clarament que jo no sóc «la seva» Julia i que amb mi no té cap possibilitat d'un romanç. Però com que sóc una talossa covarda només li he explicat que no tenia temps perquè me n'anava a fora amb el meu pare. Llavors el vailet ha rigut i ha dit: «Bé, amb un papa en Gustav segon, el més fort, no pot competir. Fins dilluns doncs, petonets, àngel meu!»

Què vol dir: fins dilluns, doncs? Que potser vol venir-me a buscar quan surti d'escola? Espero que no! Els de la meva classe pensarien que m'he begut l'enteniment si em veien caminant acompanyada d'una bola de greix semblant.

Ja passa de mida. És la una. La mama m'ha preguntat si volia que em fes dinar. Molt neguitosa, m'ho ha preguntat. I s'ha abstingut de fer cap observació sobre la impuntualitat del papa. Però em mirava com si volgués dir: Pobre fill, quina mena de pare et vaig buscar!

Tinc gana, però si menjava res quan l'estimadíssim tros de cul que tinc per pare arribés per fi, ja estaria tipa. I ell encara no es deu haver atipat i voldrà anar a dinar. I jo hauré de seure al restaurant i mirar-lo mentre s'atipa. I com que sempre tinc un budell buit jo també demanaria alguna cosa. La faldilla de la mama m'ha produït aquest matí un autèntic xoc. De cintura em va impecable. Fins fa unes setmanes quan em posava una faldilla de la mama necessitava sempre un cinturó per cenyir-me-la. En els últims temps he augmentat com una magdalena dins d'un forn. Per això no em convé de prendre res. Truquen a la porta! Curt-curt-curt-llarg. Ja, per fi!

Diumenge, 15 de juny

Estic massa cansada, fins i tot per escriure, però tampoc no em puc adormir perquè pertot arreu tinc cremades del sol. Fins i tot els dits dels peus i les mans i el tros de pell que tapava el bikini estan vermells com un tomàquet. La mama m'ha sucat tota amb un gel d'argila i àcid acètic.

Al principi m'ha refrescat i m'ha alleujat, però ara que està sec ha fet com una crosta que fibla i tiba i cou. De bon grat me'l trauria sota la dutxa.

La mama ha declarat que dutxar-se amb cremades de sol és molt contraproduent.

Si demà tinc la mateixa pinta que avui em disfressaré de dona musulmana ortodoxa i sortiré de casa sota d'un vel negre. L'Stefan no em pot veure en aquest estat.

El cap de setmana ha estat, però, fantàstic! Hem anat a navegar i ahir al vespre vam anar a una discoteca! Vaig ballar unes quantes vegades amb un tipus de cabells llargs. Tenia una veu de borinot, com si li sortís a través del nas tapat. Em va preguntar si el canviaria pel meu acompanyant. Li vaig respondre que eventualment hi estaria disposada, però només si pagava la meva manutenció més puntualment que el meu acompanyant. Vam riure força l'un amb l'altre. Em va donar la seva targeta de visita. En realitat era la targeta de visita del seu pare. Té el mateix nom. Hademar!

No pot ser que ningú es digui Hademar!

«Només has de prescindir del Dr. del davant», em va

dir quan em va donar la targeta de visita. «El Dr. no l'aconseguiré en tota la meva vida!»

En Hade no va a l'escola. Es pot dir que no fa res. Però ja deu haver passat dels divuit perquè té una moto. Una d'enorme. La moto, em va dir, és l'únic al·licient de la seva vida. Per viure no necessita més que la moto i una mica de benzina. Més tard li ho vaig explicar tot al papa.

El papa ha afirmat rotundament que en Hade és un suïcida encobert.

Tots els motoristes, ha declarat el papa, són suïcides encoberts.

Corren a tota màquina com guillats cap a un tronc d'arbre per esquivar-lo a l'últim moment amb el perill de trencar-se el clatell. En això el papa és potser una mica incomprensiu!

Potser més endavant telefonaré a en Hade. I potser em trobaré amb ell.

Durant el viatge de tornada he volgut parlar amb el papa sobre aquesta Käthe Windisch. M'ha aturat els peus de seguida. M'ha dit: «Julischka, l'únic gran amor de la meva vida ets tu, tota la resta són insignificants.»

Déus, cul i trons! El llençol del llit em rasca com si fos un paper de vidre.

I per dintre tinc molt de fred, encara que per fora tingui molta calor. Em sembla que tinc febre. En tot cas tinc mal de cap.

Quina merda!

Vaig a dutxar-me ara mateix. Tant me fa si perjudica les cremades de sol o no! M'he de treure la crosta, si no em tornaré realment boja.

PD:

Si em mirava al mirall m'agafaria un atac de riure. La mama ha anat a buscar tres paquets de mantega a casa de l'Erika. Es veu que la mantega és el millor remei casolà contra les cremades de sol. Prohibit mirarme. Com un pastís de maduixa amb guarniments a sobre.

Dilluns, 16 de juny

Aquest condemnat Pummel està degenerant en un autèntic problema! Els meus temors que em vingués a buscar a l'escola a migdia es van declarar infundats quan ja de bon matí m'ha vingut a buscar a casa. Vermella com un pebrot i lliure de tot pressentiment he sortit de casa i allí davant del nostre jardí interior hi havia un tipus assegut al seu ciclomotor que m'ha enviat un petó amb la mà. Enganxat a sobre del casc portava, tant al davant com al darrere, una creu de cinta adhesiva vermella. Ha bramulat: «Oh tu, àngel invàlid, el teu transport de minusvàlids t'espera preparat des de fa deu minuts.»

D'una banda volia anar amb tramvia, amb l'Stefan. De l'altra no volia de cap manera anar amb l'Stefan, tan vermella com estava. He reflexionat si potser no era millor deixar que en Pummel em portés a l'escola, però en aquell moment la mama ha sortit de casa. Com un cucú d'aquells rellotges-record de la Selva Negra ha vingut voletejant cap a mi i cap a en Pummel. Normalment en aquesta hora ja està sempre de camí cap a l'oficina. Però avui s'havia entretingut tant empastifant la meva pell que anava amb retard. Ha cridat: «Ni pensaments, ni ho somniïs! Primer, aquesta criatura esbojarrada es traspassa el peu amb un clau, després es torra com un bistec a la brasa, i ara pretén potser anar amb moto sense casc i trencar-se el clatell!»

En Pummel ha volgut donar-me el seu casc, però la mama li ho ha prohibit. Per a ella també la vida dels fills de les altres mares és sagrada, ha dit. Així que no m'ha quedat més remei que arrossegar els peus cap al tramvia.

En Pummel seguia el meu pas amb la moto. Només feia que dir rucades. Digués el que digués, jo tampoc no el sentia. El meu cap estava ple fins a vessar de: Quan em vegi l'Stefan li agafaran ganes de vomitar!

A l'Stefan no li han agafat ganes de vomitar, li han agafat ganes de riure. No tenia mala intenció, però m'ha empipat una mica. Naturalment no li ho he fet notar. Només m'he empipat de veritat quan l'Stefan, tot just acabar de riure, ha pujat d'un salt a la moto darrere d'en Pummel i m'ha deixat plantada a la parada. Que en Pummel em preguntés encara, abans d'arrencar: «A quina hora acabes avui?», no m'ha servit de consol.

A l'escola no ha passat res de res. La meitat de la classe està cremada pel sol. L'enorme *stress* de les últimes setmanes està definitivament oblidat. Ens gronxem entre els pupitres com els globus antics, lleugerament arrugats, molt fluixos i totalment a la deriva.

El matemàtic Piesinger tampoc s'ha esforçat gaire, avui. Ha llegit el diari i ens ha deixat fer el que hem volgut. I ha investigat per què exactament ningú de la classe no feia mitja. Actualment està tan de moda, opina. Tant si és modern com si no, és l'última cosa que jo faria. No em deixaré caure a la trampa de la moda. Si començo amb 100 punts, al cap de tres passades me'n queden, com a molt, la meitat. I tot el que en resulta sembla un exercici d'entrenament d'animals ensinistrats. De ganxet, tampoc no en sé fer. I cosir gairebé que tampoc. Però en marqueteria sóc una experta. Seria molt corrosiu si a les classes em dediqués a serrar.

En Piesinger extreu les seves arrels i eleva les seves x a la tercera potència i jo em poso a serrar amb un aire embadocat! La Henne pregona les seves interminables explicacions i jo m'armo amb la serra de vogir!

En Raffzahn disserta sobre un conqueridor qualsevol i a mi se'm trenca la fulla de la serra!

I per què no? Si els professors toleren que es faci mitja a les seves classes, també haurien d'aprovar la marqueteria. Hi reflexionaré durant les vacances. Per a aquest curs ja no paga la pena.

Després de la tercera hora ens han anunciat que no tindríem la cinquena classe. Tots els de la classe han cridat d'alegria. Per a mi no ha estat cap missatge de felicitat. Durant tota la quarta hora m'he espremut el cervell pensant què havia de fer. Anar a casa després de l'escola? O deambular una hora per l'escola?

L'Stefan no m'havia promès venir a buscar-me. (Ni tan sols m'ho havia promès en Pummel. Només s'havia informat sobre l'hora en què sortia de la classe.) Quedar-me una hora més del que és necessari a l'escola per una esperança vaga, em semblava inadmissible. Però no deixar cap possibilitat a una esperança vaga, tampoc no corresponia al meu caràcter optimista. Per això he decidit acceptar el compromís i he demanat a la Didi trenta xílings i m'he associat amb la Corinna i amb l'Anatol per anar a prendre un gelat a la geladeria que hi ha transversalment enfront de l'escola. A través de la finestra de la geladeria es pot controlar la porta de l'escola.

A les 12.32 en Pummel ha arribat a la porta de l'escola sobre la seva moto brunzinaire.

«La teva adorada mandonguilla és allí», ha dit la Corinna. A l'Anatol gairebé que els ulls li han caigut de la cara. Senzillament, no ho acabava d'entendre. «Tens amb ell —vas amb ell— té alguna cosa a veure amb tu?», barbotejava pertorbat.

«Què vols que hi faci», he preguntat, i m'he posat a cobert darrere l'esquena de l'Anatol, a fi que en Pummel no em pogués albirar. He implorat a la Corinna insistentment: «Vés cap allà o digue-li que ja fa estona que me n'he anat a casa.»

La Corinna no ha volgut. Ha dit: «Deixa'l que esperi, fins que li creixi barba. Així entendrà d'una vegada que no té res a fer amb tu.»

Si l'Anatol no hagués estat amb nosaltres, hauria explicat a la Corinna que esperava l'Stefan i que per això aquest

Pummel esperant em venia tan a deshora. Però l'Anatol és el tafaner oficial de la nostra classe. I no hi havia cap necessitat que tots i cadascun de la meva classe sabessin que jo esperava un tipus, l'aparició del qual era força incerta.

En Pummel ha baixat del seu seient de foc, s'ha tret el casc de la closca, s'ha eixugat la suor del front i ha gambadejat fins a la porta de l'escola i s'hi ha repenjat.

«La mandonguilla ha rodat fins a l'ombra», ha dit l'Anatol: «Així el sol ja no podrà fondre'l més.» I la Corinna ha dit: «Si continua com fins ara, d'aquí a deu anys es podrà guanyar la vida exhibint-se en un parc d'atraccions.»

M'hauria agradat dir que en Pummel no hi podia fer res contra la seva fastigosa i abundant constitució i que era molt poc delicat fer-ne cap comentari, però he tingut por de fer-li d'advocat. Tots dos m'haurien interpretat malament. Segur que després s'haurien dit entre ells que jo havia de «tenir» alguna cosa amb en Pummel quan el defensava d'aquella manera.

Cinc minuts bons en Pummel ha estat repenjat a la porta de l'escola mentre s'anava eixugant la suor que li queia pertot arreu. Llavors ha arribat un tramvia que s'ha aturat davant de la geladeria i m'ha reduït la visibilitat cap al meu obstinat adorador. Però he passat del tema perquè del tramvia ha baixat l'Stefan. He llançat els diners a la Corinna, li he dit: «Paga per mi», he sortit corrents de la botiga, cap a l'Stefan, i l'he atrapat abans que pogués travessar el carrer.

Naturalment, a l'Stefan li ha sorprès molt que jo arribés per l'altra direcció. Volia anar de pressa carrer avall amb l'esperança que en Pummel no es fixés en nosaltres. Però renoi! El tramvia ha arrencat, gairebé que no passaven cotxes pel carrer, en Pummel tenia bona visibilitat cap a l'Stefan i cap a mi i com una allau s'ha precipitat, agitant el cap, fins on érem nosaltres.

L'Stefan ha sospirat i ha dit fluixet: «De vegades no és gens fàcil tenir amics.»

«Gustav segon, el més fort, es presenta», ha bramat en Pummel des del centre del carrer. Quan ens ha atrapat s'ha inclinat davant nostre i ha fet una reverència. El sol calent no havia anat bé al seu acne. Tots els grans havien madurat i tenien puntets de pus.

En Pummel no ha preguntat d'on havia sortit jo i com era que no l'havia vist. Tampoc no ha preguntat per què l'Stefan era allí. Ha tornat a interpretar el seu paper de titelleta. «Senyors meus», ha dit «necessito reforços, el sol ha estofat com a mínim mig quilo del meu llard». I llavors ens ha convidat a dinar. «Gustav segon, el més fort, prepararà per a vosaltres un bou sencer a la graella del jardí de cirerers del seu pare», ens ha seduït. L'Stefan ha dit «sí», jo també he estat disposada a anar-hi. En Pummel ha volgut persuadir-me que anés amb ell amb la moto. M'he disculpat amb la prohibició de la mama. Així que en Pummel se n'ha anat brunzint i l'Stefan i jo hem esperat el següent tramvia. Discretament, he mirat unes quantes vegades cap a la geladeria. La Corinna se n'ha adonat. M'ha fet un somriure. De reconeixement, com si volgués dir: Et felicito per aquesta adquisició!

En Pummel té una casa que és una bogeria.

En tota la meva vida no havia vist mai un refugi del mal gust d'aquest.

Ben bé com si s'haguessin citat la senyora Opulència i el senyor Extravagant! A totes les finestres hi havia cortines recollides farcides de farbalans. I del sostre penjaven monstres de vidre. Aranyes, l'última moda! Semblaven com si anessin a deixar anar gotes d'un moment a l'altre. Però encara era més dement l'entapissat de la paret. De pell de color rosa ensucrat amb quadres estampats i botonets que li sobresurtien.

I la cuina era com un camp de pasturar sense vaca. No hi ha res com la fusta i les roses silvestres! Només hi havia una paret sense fusta. Aquesta paret estava estucada a l'estil «pell de gallina» i de l'estucat penjaven forques per a fems, rascles per a esbarzers, i una roda de carro i una esquella i una gerra de llet de coure.

A casa d'en Pummel hi havia una dona de fer feines. Ella li deia «Gust», a en Pummel. Ell li deia a ella «Senyora Majordoma». La senyora era molt simpàtica, però ha impedit a en Pummel de treure del congelador els filets que ell havia triat. Eren per al sopar, per als convidats, li ha explicat. En Pummel s'ha hagut de conformar amb salsitxes del país congelades. L'Stefan m'ha xiuxiuejat que no hauria vingut si ho hagués sabut. De salsitxes del país en menja a casa seva tres vegades a la setmana.

Mentre en Pummel preparava les graelles a la terrassa, l'Stefan m'ha ensenyat el jardí. Darrere de la piscina, darrere de la dutxa, darrere d'un gran arbust de móres ens hem quedat una bona estona dempeus i ens hem mirat i no dèiem res. Segur que l'Stefan m'hauria fet un petó si de sobte en Pummel no hagués bramulat: «Ajuda! Camarades, no ho aconseguiré tot sol!»

Tres vegades encara l'Stefan ha estat a punt de fer-me un petó aquesta tarda. Una vegada quan jo i l'Stefan hem anat al celler a buscar cervesa. Una vegada quan jo i l'Stefan hem anat a portar els plats bruts a la cuina.

I una vegada quan jo tenia ganes d'anar al lavabo i en aquell moment l'Stefan en venia.

Cada vegada en Pummel s'hi ha ficat enmig. Al celler, ha vingut per por que no sabéssim trobar l'interruptor de la llum. A la cuina, ha vingut per por que no confonguéssim la màquina de rentar plats amb la nevera.

I al lavabo, ha vingut per dir-me que a la cambra de bany hi havia un wàter més maco.

No hi ha hagut cap casualitat! Hi ha hagut intenció. Deu haver estat a l'aguait tota l'estona per impedir el meu primer petó. Que idiota!

PD:

A l'esquena i a l'escot m'ha començat a saltar la pell. Me la puc arrencar de molts llocs i d'una bona superfície.

En sóc realment addicta. No puc parar d'estirar-me-la. I això que fa mal.

El papa ha telefonat. Vol parlar de les vacances amb mi. Un altre cop intueixo un conflicte en aquest assumpte. Es veu que vol sortir de vacances pel juliol, i la mama vol també anar-se'n de vacances pel juliol. Cap dels dos no voldrà cedir. Però hauran d'arribar a un acord satisfactori sense mi. Ja no tornaré a jugar a l'intermediari i al portador de missatges i no em deixaré explicar per cadascun per què té la raó i l'altre és un tros de mula que no vol resignar-se a complir un pacte. Amb mi ja no jugareu més, estimats progenitors!

Dimarts, 17 de juny

Al professor d'anglès li he desmuntat la seva creença en la bona disposició dels estudiants. Com que el final de curs no és fins demà volia fer-me avui encara una altra prova per donar-me la possibilitat de millorar el meu bé amb un notable. M'he pensat que m'agafava un infart! Amb l'estat actual dels meus coneixements, com a molt tindria la possibilitat d'empitjorar-lo amb un suficient.

Per això li he dit que amb un sis ja estava molt contenta. Això l'ha deprimit.

En dibuix i en música i en gimnàstica tindré un deu. Això em garanteix 300 xílings de l'avi-papa. Per cada deu deixa anar cent xílings. Naturalment em tornarà a deixar anar el sermó que un deu en una assignatura secundària no té en realitat el valor de cent xílings i que només me'ls dóna per mantenir la seva fama d'avi immillorable i perquè de fet sóc l'única de les seves netetes que treu bones notes.

Ho juro! Si per fi algun dia aconsegueixo tenir tants diners que em permetin arreglar-me mitjanament bé, ja no aniré a veure mai més al final de curs aquest gran garrepa i ja es podrà posar el seu carregós sermó per barret. Però de moment necessito els diners per saldar els meus deutes amb la Corinna i amb la Didi i amb tots els altres de la classe. He calculat que els 300 xílings m'arribaran molt just. No els rebré fins el primer divendres després de final de curs. Els meus creditors no estaran conformes si els ofereixo pagar-los els diners la primera setmana de vacances. Ho consideraran una evasiva per part meva. Creuran que els vull fer passar amb raons.

Hauré d'agafar diners de la llauna de reserva de la mama. Agafar un préstec dels diners de la pròpia casa no té gaire a veure amb un robatori. No? I què si ho és? Un robatori tampoc no és el crim més gran del món si la persona a qui robaràs no és un cec que no s'adonaria ni que li traguessis tots els seus estalvis de sota la sola de la sabata.

La propietat és un robatori, va dir algú alguna vegada. Robatori d'un robatori no pot, doncs, causar una gran indignació. Fóra tota una altra cosa si la mama fos gairebé com el cec amb el seus estalvis! En el sentit figurat, naturalment. En realitat sempre té pocs diners. Ara bé, quan en té em porta sempre alguna cosa. Esmalt d'ungles o un cinturó, un fermall o mitjons. I una pila d'altres foteses. Gasta més diners amb mi que moltes d'altres mares amb més possibilitats. Però compra coses que li agraden a ella. És injust! El barret de palla d'avui ha estat un altre cop un exemple típic: Tota aquesta tarda he estat rumiant que havia de sol·licitar a la mama un augment de la meva assignació. Que he calculat fredament que amb 100 xílings es poden comprar molt poques coses. Que presentava una proposta de 400 xílings al mes. I que potser podríem arribar a un acord amistós de dos-cents cinquanta. Llavors em ve amb una cara radiant, una bossa de plàstic enorme, en treu un barret de palla d'ales amples, me'l planta al cap i diu rient i feliç: «Els meus últims diners per a la meva estimada Julischka! Però és que era com un somni. No m'hi he pogut resistir!»

I jo he de somriure agraïda i ja no puc proposar l'augment de l'assignació. Realment el barret no està del tot malament. Però quan me l'hauria de posar?

«Per la festa de final de curs», ha opinat la mama. De vegades sembla realment que sigui d'abans d'ahir! Qui es vesteix avui encara d'una manera especial el dia de final de curs? A la classe es riurien de mi si aparegués amb un barret gran com una roda de carro.

«Regalar diners demostra poc afecte», diu la mama sovint.

Deu ser així. Però no demostra més afecte no comprendre què és el que un vol rebre i obsequiar contínuament coses que no són gens agraïdes. Per a què necessito una botella enorme de Miss-Dior quan el que jo anhelava era una botella petita de Jil Sanders. I com la desitjava! Com que vaig simular que estava molt contenta amb la primera botella de Miss-Dior per no ferir la mama, me'n va tornar a regalar una a la primera ocasió que se li va presentar. I per cada motiu posterior, una altra. I les àvies ràpidament se'n van encomanar i em porten sabó, desodorant i crema de bany de Miss-Dior. Com es podria sortir d'un cercle viciós semblant?

Com és que la mama no s'adona que jo no faig mai olor de Miss-Dior? Com és que no veu que ja tinc tres ampolles sense encetar una al costat de l'altra? Com és que ignora que sempre ensumo la tia Erika i li dic: «Quina bona olor que fas! Portes Jil Sanders?»

Indubtablement, ja no es pot fer més per portar la senyora al bon camí. Probablement fa vint anys va ser precisament el Miss-Dior el seu «desig fervent». Però algun dia, alguna vegada, caram, li hauré de fer entendre per fi que no sóc una nova edició d'ella! No es tracta només de totes les coses que em regala. També creu que «interiorment» sóc una nova edició d'ella. I a més m'ho repeteix infinitament. La majoria de vegades, quan m'explica que em pot entendre molt bé, que coneix exactament els meus gustos, s'equivoca. I de quina manera! I ja puc llavors intentar de dir-li i explicar-li com sóc realment, que ella només es posa a riure i diu que ella em coneix millor i de vegades encara té el desvergonyiment de dir-me: «Sí, sí, Julischka. Jo tampoc no voldria mai admetre com és realment el meu cor. Ja sé de què va!»

Quan, fa temps, em vaig barallar amb la Corinna perquè la Corinna va explicar a la Didi amb tots els detalls un secret que jo li havia confiat, la mama va estar totalment convençuda que el meu cor estava destrossat!

Quan la professora de ballet de l'escola de dansa li va explicar que tinc tan poc sentit musical com un elefant i que no tenia cap sentit fer-me continuar guimbant, la mama va estar totalment convençuda que aquesta ofensa a la meva ambició m'havia deixat per terra!

Quan la Heini i els seus pares se'n van anar del barri, la mama va estar totalment convençuda que no voldria menjar a causa de la meva immensa pena.

Quan van traslladar la meva professora de primària i ens van portar la senyora Meier, la mama va estar totalment convençuda que no «podria superar» aquest canvi.

Tot això, disbarats dels més grans! Amb la Corinna no vaig tenir més que una mitja enrabiada. Vaig estar ben contenta de no haver d'anar més a l'estúpida escola de dansa. La Heini feia ja força temps que no la podia ni veure. I la nova professora em va fer bastant més servei que l'anterior.

Però quan van atropellar el nostre gat, la mama va dir l'endemà a l'Erika: «Els nens són més forts del que creiem. La Julia s'ho ha pres amb molta resignació!»

I quan el papa se'n va anar de casa la mama va dir a la iaia-mama: «És un alleujament per a la Julia. Els incessants conflictes l'han feta un sac de nervis!»

I quan en Konrad d'un dia a l'altre em va anunciar que trencava la nostra amistat i anava a tot arreu amb l'Anna i em cridava per darrere «Idiota» cada vegada que passava a la vora d'ell, la mama em va dir: «Ja sé que el teu orgull està ferit, però això li passa a tothom alguna vegada a la vida!»

En Konrad no va ferir el meu orgull, en Konrad em va fer sentir mortalment infeliç. Quan penso en el nostre pobre Muschi atropellat, com es va quedar al mig del carrer, amb les dues gotes de sang sobre el bigoti, encara ara, després de set anys, m'agafen ganes de començar a plorar. I la idea que em vaig sentir alleujada quan el papa va fer les maletes, només pot ser una broma de molt mal gust!

Però per què m'escalfo el cap per culpa de la mama? Només me l'hauria d'escalfar per culpa meva. Perquè jo obro la boca massa poc. Per què no vaig saltar d'alegria el dia que per fi em vaig alliberar de l'escola de dansa? Per què quan em vaig acomiadar de la Heini no li vaig treure la llengua? Per què no vaig fer tombarelles de felicitat quan va venir la nova professora? Per què només vaig plorar en secret quan es va morir el Muschi? Per què no vaig cridar «queda't aquí!» quan el papa se'n va anar de casa amb les maletes?

Per què realment no vaig fer tot això?

Tenir sentiments i mostrar sentiments són dues coses ben diferents.

I jo no sóc l'única persona del món que té dificultats amb això. Ens fan aprendre insensateses. Però dels sentiments i de com t'hi has de comportar, ningú no te n'ensenya res. Seria una assignatura en la qual treballaria de bon grat per aconseguir un excel·lent. Però qui podria ensenyar-la? La Henne o en Raffzahn? Podria ser profundament dramàtic.

Dimecres, 18 de juny

L'Stefan m'ha vingut a buscar a l'escola. En Pummel, naturalment, també. En Pummel anava sense motocicleta. El seu seient de foc és al mecànic. Hem anat a la geladeria. He demanat un gelat petit sense res més, però en Pummel ha anul·lat la meva comanda i ha encarregat per a mi un «dolços somnis». És un tros enorme de gelat de vainilla amb baies barrejades per tot el voltant i nous per sobre, regat amb una salsa d'aiguardent que regalimava de les baies. L'invent era esplèndidament bo. Però després he tingut una mica d'indigestió perquè era una autèntica ració familiar i per esmorzar no havia pres res ni m'havia posat a l'estómac ni un mal panet.

A la geladeria hi havia també alguns de la classe. Estaven asseguts dues taules més enllà. Quan ja gairebé havia acabat el meu gelat ha entrat la Didi. Ha anat a seure amb els altres. De moment no ha demanat res.

Després s'ha aixecat i ha vingut a la nostra taula.

«Mira, saps, Julia», m'ha començat a dir, «no ho acabo d'entendre. Tu seus aquí i endrapes el gelat més car que hi ha. I em deus cinquanta xílings. I per això no puc comprar cap gelat i he de contemplar com es llepen els dits els altres».

La Didi no sabia que en Pummel m'havia convidat! La cara se m'ha posat vermella, però ningú no ho ha notat perquè de tota manera està cremada pel sol. Abans que pogués barrinar una resposta bona per a la Didi, en Pummel s'ha tret una moneda de cinquanta de la cartera i l'ha entregada a la Didi. «Aquí ho té, gentil senyora», ha dit, «sóc el comptable de l'adorada i gentil senyora».

Per a mi tot això ha estat tan desagradable! No hi tinc res en contra que algú que té molts diners em pagui alguna cosa. Però amb en Pummel l'assumpte és delicat perquè no estic segura que ell també m'ho hagués pagat si hagués comprès que entre nosaltres dos no hi hauria mai cap possibilitat d'idil·li. D'alguna manera se'm podria atribuir que amb subterfugis i fets falsejats li trec diners. Els cinquanta que ha donat a la Didi, els hi podria tornar després de final de curs. Fins i tot fàcilment! Perquè m'he recordat que en religió també tindré un deu! El sant Bertram posa un deu a tothom! Però tot el que en Pummel ha gastat per a mi en gelats i en coca-cola ja és massa, no li ho podré tornar mai!

Després de la geladeria hem anat a casa meva i hem escoltat discos. Per escoltar-los l'Stefan s'ha ajagut a sobre de la catifa davant de l'equip. Jo m'he ajagut al seu costat. Ens hem ajagut de bocaterrosa.

Hem clos els ulls i ens hem agafat de la mà.

En Pummel s'ha instal·lat a la terrassa, a l'hamaca de la mama. Jo he pensat: Ara per fi s'adonarà realment de què és el que està passant i se n'anirà corrents. Ja començava a apreciar-lo, a en Pummel! En el fons és un noi noble, pensava. I ja començava a rumiar com podria ajudar-lo discretament a superar la seva desil·lusió. Però renoi! Al cap d'una hora, i llavors l'Stefan i jo ja estàvem molt a prop l'un de l'altre (i de fet no sé quin dels dos s'havia acostat a l'altre), en Pummel ha entrat de la terrassa i ha engegat el televisor. Molt fort. A la televisió feien teatre de putxinel·lis. Sense en Putxinel·la. Amb dos óssos. Ja des de petita no els he pogut sofrir. Els óssos televisius, vull dir. Dels óssos de peluix de debò era una fanàtica. Sempre els vaig preferir a les nines.

«Apaga aquesta ximpleria», he dit a en Pummel. «Destorba molt per escoltar.»

«A mi no», ha dit en Pummel. Però almenys la veu, l'ha

abaixada. S'ha col·locat sota el llum de peu sobre la muntanya de coixins i ha agafat una revista de la pila i l'ha fullejada.

«Ja que llegeixes», li he dit, «podries apagar el televisor. Llegir i mirar alhora, no ho pots fer».

«Jo sí», ha dit en Pummel, i la seva veu ha sonat com una agressió molt inquietant.

Mentrestant, entre jo i l'Stefan havien cessat les radiacions. L'Stefan ha enretirat la seva mà de la meva, s'ha girat sobre les espatlles i ha mirat el sostre fixament. I en Pummel s'ha alegrat visiblement d'haver-ho aconseguit. Ha deixat la revista, ha apagat el televisor i s'ha tornat a fer el simpàtic i ha preguntat si no voldríem anar al cinema, ell ens hi convidava. O potser volíem un gelat! O anar a passejar? O fer-nos rics jugant amb les escurabutxaques? Com que cap de les seves proposicions no ha tingut èxit ha sospirat i ha dit: «O.k., llavors en Gustav segon desapareixerà del mapa.»

Per fi, he pensat. Però s'ha quedat assegut i ha agafat la llauna de galetes de la mama i ha començat a devorar. L'ambient era tens com un pneumàtic a punt d'arrencar. Ningú no deia res. Ben bé durant deu minuts. Llavors la llauna de galetes ja estava buida i en Pummel ha tornat a agafar la revista i l'ha fullejada i ha preguntat a l'Stefan: «Com està l'Anita?»

A l'Stefan se li ha posat la cara vermella i ha dit: «Ni idea.»

En Pummel continuava fullejant i ha dit: «I com és això? No et vas trobar amb ella diumenge?»

A l'Stefan se li ha posat la cara encara més vermella i ha dit: «Però molt poca estona.»

En Pummel fullejava encara, ara del darrere cap al davant. Com un conillet d'índies content ha escodrinyat l'Stefan per sobre de la revista i ha dit: «A sí? I jo que sempre havia cregut que aquí s'esdevenia un *grande amore*!»

Ara l'Stefan tenia la cara vermella com un perdigot.

La seva cara estava encara molt més vermella que la meva cremada pel sol, però només ha dit: «No et facis l'idiota, nen!» I de seguida ha explicat que se n'havia d'anar a casa.

En Pummel volia quedar-se a casa meva. Li he mentit que havia d'anar a comprar. En Pummel volia acompanyar-m'hi. Li he mentit que encara havia d'endreçar abans que arribés la mama. En Pummel volia ajudar-me a endreçar. Li he mentit que havia de vigilar durant mitja hora el *baby* de la veïna de dalt. Volia fer-me d'ajudant de cangur. Llavors se m'ha acabat la paciència i li he increpat amb violència: «Però és que vull estar sola!»

Per fi això ha fet efecte.

Ha tocat el dos!

Ara em sap greu. Potser hauria pogut dir-me qui és aquesta Anita. Però la veritat és que ja tinc molt clar que aquesta Anita té alguna història amb l'Stefan. Si no l'Stefan s'hauria comportat d'una altra manera.

Estic al fons, més al fons, al fons de tot!

Des de fa dues hores que em poso el disc de Charlie Parker que vaig regalar a l'Stefan. La mama n'està totalment sorpresa. Des de quan sóc una fan de Charlie Parker, vol saber. Oh, maleït infern! Segur que la pròxima vegada que em vingui amb un regal serà un disc de Charlie Parker. I segur que se n'alegra que en el sector musical jo sigui també una nova edició d'ella.

Dijous 19 de juny

Aquesta Anita no em deixa en pau! Contínuament he de pensar en ella. Contínuament m'he d'imaginar quin aspecte pot tenir. I si coneix molt bé l'Stefan? I quants anys té? A més d'aquest tinc, Déu ho sap, d'altres problemes. Avui he parlat per telèfon amb el papa i ja ha tornat a començar a dir que irrevocablement manté fermes les dates de les vacances. De l'11 de juliol fins al 28 se n'anirà amb mi. I prou! La mama ja s'ho pot començar a ficar al cap. Ha declarat que ja al mes de març ho havia dit. Però la mama jura per tots els sants que al març va parlar de l'agost. Només per això, diu la mama, va sol·licitar les vacances per al mes de juliol. I per això l'Huber va agafar el torn del mes d'agost. I ara ja no es pot canviar res perquè l'Huber ja ha fet la reserva. Amb paga i senyal.

Això vol dir, doncs, que per a mi les vacances es redueixen a la meitat! Jo ja m'havia calculat que estaria tres setmanes a la platja amb la mama pel juliol i dues amb el papa per l'agost. I això significa encara una altra cosa! Això significa que hauré de decidir si vull anar de vacances amb el papa o amb la mama. I això sí que no ho puc fer!

El papa vol trobar-se demà amb la mama per discutir amb ella l'estat de la situació. No crec que d'aquesta trobada en pugui sortir gran cosa més que una baralla descomunal. Per res del món no assistiré en aquesta baralla. Si no la mama encara em cridaria de testimoni perquè digués que el papa sempre havia parlat del mes d'agost. I ho ha fet! Si més no és tal com ho recordo.

Però no m'hi vull posar enmig. Si no el papa encara s'enfadaria amb mi.

L'Stefan no m'ha vingut a buscar avui a l'escola. Tampoc no m'ha telefonat.

Cada vegada que sonava el telèfon, corria a agafar-lo i esperava! Però, renoi! Només han telefonat idiotes sense cap importància. Ni tan sols en Pummel.

Avui, al matí, al tramvia, l'Stefan s'ha acomiadat dient clarament: «Fins al migdia, doncs!»

Potser s'ha cregut que jo tenia classe fins a dos quarts de dues. Però llavors m'hauria telefonat més tard.

He buscat el número de telèfon de l'Stefan a la guia telefònica.

Tres vegades m'he estat al costat del telèfon i volia telefonar-li. Una vegada fins i tot he marcat les quatre primeres xifres i després he tornat a penjar.

No vull que pugui creure que li vaig al darrere!

PD:

En Pummel m'ha telefonat. «Som a la cafeteria», ha dit. «Com els senyors!» Si no hi voldria anar, m'ha preguntat.

Naturalment que vull!

PPD:

En Pummel és un vulgar cabronàs! No era pas amb l'Stefan a la cafeteria. Hi estava assegut amb dos tipus de la seva classe. Dos idiotes rematats. Contínuament feien bromes estúpides, ordinàries.

En Pummel sabia perfectament que si em deia «som» jo pensaria en l'Stefan. No m'ho tornarà a fer mai més! M'hauria estimat més tornar a casa de seguida. Però per la meva bondat de caràcter m'hi he quedat una mitja hora. Perquè tenia molt clar que els dos idiotes rematats es riurien d'en Pummel si jo m'esfumava de seguida. I —per ser ben sincera— tampoc no volia que se'm notés fins a quin punt estava decebuda.

Els dos idiotes rematats parlaven de tant en tant de l'escola. Que les noies no servien per a les escoles tècniques. I ximpleries per l'estil. I com que jo he protestat, han dit que ja el primer curs, l'any passat, quatre noies van haver de deixar l'escola. I llavors en Pummel ha dit: «Només dues. L'Anita i la Marion se'n van anar voluntàriament.»

I si aquesta Anita fos la que té a veure amb l'Stefan? M'hauria agradat d'investigar-ho, però no ho he aconseguit. Davant dels dos idiotes rematats no volia preguntar-ho a en Pummel. Potser de tota manera ha estat millor així. Les males notícies poden esperar!

PPPD:

Quan ja me n'anava al llit la mama m'ha explicat de passada que m'havia telefonat un tal Stefan.

Quina bogeria.

Si hagués arribat cinc minuts abans de la cafeteria encara hauria pogut parlar amb ell!

La veritat és que ara ja podria telefonar-li. La meva dignitat no se'n veuria afectada. Només que ja són les onze. I ja no és hora de telefonar, em sembla.

Per què la mama té el cervell com un colador? Que m'ha telefonat la Corinna, m'ho diu. Que m'ha telefonat la Didi, m'ho diu. Però si és l'Stefan se li en va de la memòria! La senyora cada dia em torna més boja. I encara diu: «Algú de la teva classe! He oblidat el nom! Ah, sí, Stefan, ha dit!»

Quina poca sensibilitat!

Divendres 20 de juny

En Pummel era avui a la parada. Segons diu, la seva motocicleta està espatllada. I segons diu ha pujat al tramvia i ha mirat per la finestra i m'ha vist que jo anava carrer amunt. I llavors ha baixat per anar amb mi amb el tramvia següent! Quin ximplet! Quan jo anava carrer amunt no hi havia cap tramvia ni per una banda ni per l'altra. El noi devia estar-me esperant des de feia força estona. M'ha agafat una ràbia furiosa contra ell. En tot el món no hi pot haver res més atrevit que aquest sac de greix! M'ha tornat a posar la seva grapa sobre les meves espatlles i no ha deixat de tocar-me tot i que jo m'enretirava contínuament. Quan l'Stefan ha sortit de casa seva i ha vingut cap a nosaltres travessant el carrer, en lloc d'afluixar s'ha posat encara més enutjós i ha començat a jugar amb els meus cabells, m'ha pitjat la panxa amb el seu polze grassonet, ha intentat d'estirar-me la pell cremada pel sol del braç, tot com volent dir: Tu i jo, ens pertanyem l'un a l'altre!

I l'Stefan s'ha quedat com un estaquirot, com si res de tot això tingués a veure amb ell.

M'ha agafat una ràbia desorbitada. «Deixa'm estar», li he esbroncat. Fins i tot m'he tret les seves estúpides potes del damunt. Ell no s'ha deixat incomodar per això. Per fi li he plantat cara. I ben plantada. Llavors s'ha tornat a comportar d'una manera mitjanament normal. Si és que en el cas d'aquest tipus es pot parlar de «normal». De tota manera ja no em picava a l'esquena i mantenia respecte a mi una distància respectable i ha recuperat les seves maneres usuals i ha començat a parlar amb tanta velocitat que semblava que es volgués inscriure al llibre del rècords.

Canviant de tema, en Pummel portava un vestit. Un vestit amb armilla i corbata i mocador de butxaca i camisa blanca. Quina cosa més antiquada! Un vestit com aquell no l'havia vist jo en tota la meva vida. I a més era de petits quadres blancs i negres amb uns quadres grans dibuixats per sobre de color rosa. Em sembla que l'avi-mama en diu, d'aquesta disfressa, quadres estil Esterhazy. I també portava tirants, en Pummel. De goma vermella amb flors i fulles negres entreteixides.

Al tramvia l'Stefan li ha estirat unes quantes vegades els tirants i els deixava anar de manera que li petaven a la panxa. Només com una broma. Llavors en Pummel s'ha posat com un salvatge, summament vermell i salvatge. Tan summament vermell que els grans no es diferenciaven de la resta de la cara.

«Para, o et faré passar per la porta del vagó!», ha bramulat.

Si l'Stefan no hagués parat, molt probablement en Pummel ho hauria intentat.

Ja és ben estrany. Contínuament el tipus es fa el graciós a costa d'ell mateix i de sobte s'enfada com una mona per una menudència com aquesta. Em fa sortir fum del cap! Però no vull pensar-hi més perquè si penso en el pobre noi, em fa pena. I si em fa pena seré amable amb ell. I si sóc amable amb ell, m'empaita. I si m'empaita no m'agradarà gens i m'enfadaré i m'enrabiaré.

I al cap i a la fi no té res a veure amb mi. És ben bé una bogeria que algú qualsevol que m'importi un rave pugui esdevenir un problema!

A l'escola no ha passat res d'especial. Què hi hem d'anar a fer, encara, em pregunto. De tota manera és meravellós poder seure relaxadament a classe sense por a les males notes.

Més de la meitat dels de la nostra classe han anat a la festa esportiva. Jo no hi he pogut col·laborar perquè el meu peu encara no està prou recuperat per fer esport. M'he quedat a la classe amb la resta d'emprenyats i invàlids.

A la classe de llengua ens han posat una pel·lícula. Tres homes vestits de trobadors cantaven cançons d'un autor que es diu Whalter davant d'una esplanada. Eren cançons d'amor de l'alta Edat Mitjana. No hi he entès ni una paraula. I tampoc no m'ha agradat una música tan prehistòrica.

A la classe d'anglès ens han deixat fer allò que hem volgut. Així que hem fet allò que, de tota manera, sempre fem, jugar a la loteria infantil. Per celebrar el dia em doblat les apostes i hem augmentat els premis d'un a vint-i-cinc. He començat amb un capital de dos xílings que m'ha deixat la Didi i he guanyat moltíssim. He acabat amb 28 xílings més, però malauradament en Peter de seguida se'ls ha embutxacat. Ara només li dec set xílings, ha dit. Es veu que ha oblidat que em va pagar dos panets a una parada ambulant. No hi fa res! D'aquesta no es tornarà pobre!

He estat rumiant i estava segura que l'Stefan em vindria a buscar a l'escola. Sense en Pummel. Perquè en Pummel estava convidat a la festa de casament de la seva cosina. Per això anava dins del quadrat i delirant vestit. Directament, l'Stefan no m'havia promès res pel tramvia, però tota l'estona em mirava com dient: «M'agrades.» I jo he remarcat tres vegades que avui a les dotze ja sortia de classe. Però, renoi!

M'hauria agradat esperar davant de la porta de l'escola. Al cap i a la fi tothom té dret d'arribar tard. I sense poder evitar-ho. Però la Corinna i la Didi i la Martina han sortit darrere meu. I a la Didi de seguida se li ha fet aigua a la boca. Irònicament m'ha preguntat: «Potser esperes un cavaller triganer?»

I la Corinna ha arronsat el front amb preocupació i amb una veu afligida de preocupació ha dit: «Mira, saps, jo al teu lloc no ho faria. T'has de fer pregar, si no et perdran l'interès!»

Jo he declarat que tenen molta imaginació i que no esperava ningú. Que només em passava que el peu em tornava a fer mal i per això m'havia assegut a les escales davant de la porta de l'escola.

I llavors m'he aixecat i me n'he anat a casa amb elles. No voldria pas que m'endossessin el mot d'«enamorada sedent».

I ara no sé si l'Stefan m'ha vingut a buscar a l'escola o no.

PD:

Parlant d'una altra cosa, la Corinna s'ha decidit. Ha dit a la seva mare: «Estic en contra que et tornis a casar. I no penso cedir la meva habitació. I no vull que aquestes dues bledes vinguin a viure amb nosaltres.»

I ara la seva mare li diu que no deixarà que aquests prejudicis poca-soltes destrueixin la felicitat de la seva vida. Llavors tot torna a ser clar. Ho ha fet tot només per intentar ser comprensiva i democràtica. Quan les coses es posen molt i molt lletges, cadascú mira només la seva pròpia felicitat i li és ben igual el que els fills vulguin. En el fons tinc una sort boja que la meva mama no vulgui saber res més dels homes.

Dissabte 21 de juny

Avui l'Stefan no era a la parada. He deixat passar tres tramvies. Fins a les vuit menys cinc he esperat com un estaquirot. He arribat a l'escola a les vuit i deu. Però no ha passat res perquè en Raffzahn no ha entrat a la classe fins a les vuit i vint. I tampoc no ens ha fet fer res.

A la loteria infantil he tornat a guanyar 14 xílings! A l'hora de llatí hi he jugat amb la Corinna amagades darrere la tapa del pupitre. Per cada equivocació un xíling. Així li he guanyat sis xílings. I durant el descans he jugat al pòquer amb en Peter i en Michael i me n'he embutxacat 17,50. Estic passant per una autèntica ratxa de bona sort. Si la pròxima setmana continua així sanejaré totalment la meva economia.

Parlant d'una altra cosa, en Daniel m'ha convidat per aquesta tarda a una festa al jardí de casa seva. Per escrit. M'ha lliurat una targeta d'invitació: Srta. Julia i la seva agradable companyia, hi havia escrit.

Llàstima! Les coses més interessants sempre tenen lloc quan tinc «dia de pare». I si hagués sabut què m'esperava per avui a la tarda, hauria acceptat la invitació d'en Daniel i m'hauria atrevit a convidar l'Stefan en concepte d'«agradable companyia».

Aquesta tarda ha estat així:

He sortit de l'escola i he girat el cap buscant el papa. He vist el seu cotxe a l'altra banda de carrer. He travessat el carrer galopant i he fet uns ulls com taronges: és que darrere del volant seia la Windisch! M'ha obert la porta del cotxe i m'ha somrigut com si jo fos la seva adorada filleta. M'he abstingut de demostrar amabilitat, he pujat al cotxe i he preguntat: «On és el papa?»

Ella ha arrencat i ha dit: «A casa.»

Jo he preguntat: «Està malalt?»

Ella ha continuat conduint sense mirar pel retrovisor i ha dit: «No, no. Jo només volia parlar amb tu davant de quatre ulls.»

Jo no deia absolutament res, ella ha continuat: «Només es tracta que a mi m'agradaria anar amb vosaltres de vacances. Naturalment, només si tu no hi tens gran cosa en contra. Però encara hi ha un problema. El meu estimat senyor fill! Ell vindria amb mi, naturalment. I a mi em sembla que l'hauries de conèixer abans de dir que sí o que no.»

M'he quedat sense parla i la bona senyora ha interpretat el meu mutisme com un consentiment i ha conduït cap a casa del papa.

Naturalment durant el trajecte no he tornat a recobrar la parla, però he pensat: Com em puc discutir amb aquesta vaca. El papa hauria de desactivar aquest comandament celestial!

Només que tot ha anat després tan de pressa. La Windisch ha entrat a casa del papa marxant davant meu i ha cridat: «Tresor, la teva filla hi està d'acord! No perdem temps! El meu pare ens espera de bon grat per dinar!» I el papa ha entrat i m'ha fet un petó a la punta del nas i ha cridat que jo era una noia ben raonable. I la Windisch ha cridat: «Vinga, vinga. Hem quedat a la una!»

I abans que pogués protestar m'han empentat fins a la porta i m'han arrossegat cap a l'ascensor. I m'han encabit als seients del darrere del cotxe.

Els pares de la senyora Windisch viuen en un xalet just a la cantonada dels avis-mama. La Janda gran és grassa i alta. El Janda gran és baix i prim. I el jove Windisch és una pura bogeria. Té la mateixa edat que jo, però encara no m'havia ensopegat mai amb un tros de bèstia com aquest, i això que n'he vist de tots colors.

La veritat és que és força maco. De cabells negres i de pell morena i de pell de vellut i d'espatlles amples i de cos esbelt i de cames llargues i de dents blanques i de pestanyes llargues i d'orelles petites i de nas recte. Però no hi ha en ell cap alè de vida. Quan seu en algun lloc, sembla que es desplomi una baieta humida. Les seves juntures dels llavis li pengen. Les seves parpelles també. Cada vegada que la seva mare o els seus avis li deien alguna cosa sospirava silenciosament, ben bé com volent dir: He d'escoltar eternament la mateixa merda?

Gaire cosa més que «NO!», no li he sentit a dir. NO a la sopa, tot i que era bona de debò. NO a les mandonguilles, encara que estaven super. NO a les postres. NO a la proposta de jugar amb mi al Scrabble. NO a l'exigència de canviar-se els Jeans pel banyador. No s'ha quedat ni un moment al jardí, bé que tots s'hi escarrassaven. Especialment la Windisch. Es notava que volia presentar-me'l com un «noi encantador».

El papa m'ha dit a cau d'orella: «És un fastigós.»

Jo només m'he encongit d'espatlles i m'he abstingut de fer comentaris inconvenients. Llavors la Windisch gran ha volgut jugar a cartes amb mi i s'ha horroritzat perquè he volgut jugar amb diners. S'ha tret el portamonedes de la butxaca amb cara de prunes agres. Més agres encara quan al final ha perdut vint xílings. Jugar amb ella és super! No nota gens ni mica quan menteixes.

Abans que el papa em portés a casa, la Windisch m'ha ensenyat l'habitació del tros de bèstia. Es veu que el noi viu amb els avis. L'habitació també és una bogeria. Té el terra de goma de pneumàtic negra i les parets negres i les cortines negres. I mobles negres. Només el cobrellit és blanc.

Però només he pogut inspeccionar això perquè el noi, en el mateix moment en què sa mare ha obert la porta, ha cridat «NO» i ha llançat un llibre de còmics contra la porta.

La Windisch m'ha dit que avui el seu fill tenia un mal dia.

Però el papa diu que el noi es comporta sempre així. Durant el camí cap a casa el papa no m'ha preguntat si volia tenir el paio i la seva mare com a companys de vacances.

Em sembla que ha comprès que la pregunta hi era de massa.

Estic contenta que el noi sigui tan colèric. De cap de les maneres hauria volgut que ell i la seva mare vinguessin amb nosaltres de vacances. Però almenys així tinc un motiu concloent per refusar aquest poti-poti. I a part d'això, encara no sé si me n'aniré amb el papa. Si els meus apreciats progenitors continuen persistin en les seves dates i cap dels dos no cedeix i jo sóc la que he de determinar «o l'un o l'altra», llavors decididament m'inscriuré per anar de campaments a Anglaterra. És cert que ja no deuen quedar places, però la Corinna diu que sempre hi ha «desembarcats» d'última hora que es poden substituir.

Si l'Stefan ha telefonat aquesta tarda, no ho puc saber. La mama era a la terrassa xerrant amb l'Erika. Quatre vegades, ha dit, ha sonat el telèfon. Però cada vegada hi ha arribat massa tard.

Ara dominaré el meu «orgull de jove adolescent» i telefonaré a l'Stefan. El papa no tindrà temps per a mi fins demà a la tarda. Per això al matí tindré temps per a l'Stefan. Què ha de fer demà al matí el papa, no m'ho ha anunciat. Ha de treballar, només m'ha dit.

En cas que descobreixi que demà al matí ha de «treballar» amb la Windisch, es recordarà de mi.

PD:

Ho he aconseguit! Molt fredament he telefonat a casa de l'Stefan. Em sembla que se n'ha alegrat. Demà a les deu ens trobarem a la plaça davant de l'església. El lloc de trobada l'ha proposat l'Stefan. I si surt de l'església? La veritat és que em costa d'imaginar-m'ho.

Diumenge 22 de juny

Efectivament l'Stefan ha sortit de l'església! M'ha resultat tan estrany, que no he sabut com havia de saludar-lo.

Si un surt del cinema li pots preguntar: Ha estat interessant? Si un surt de l'escola li pots preguntar: Ha estat dur? Si un surt del camp de futbol li pots preguntar: Ha estat emocionant?

«Ha estat sagrat?» fa de molt mal preguntar.

L'Stefan és el primer assistent a l'església de la meva vida. Fins ara, quan he anat a l'església ha estat sempre per un casament o per veure l'arquitectura, a excepció de la meva Primera Comunió, naturalment. I per a mi va ser com un viatge per la casa dels horrors. De primer moment em vaig posar molt contenta pel vestit tan maco i tan blanc i per la mantellina. Però no en tenia ni idea d'allò que m'esperava. Tot i que des de feia una eternitat ens hi estaven preparant. Ningú no m'havia dit que l'hòstia s'enganxava tan fastigosament al paladar i que no es deixaria empassar. I ningú no m'havia dit que l'hòstia no es podia treure de la boca! Així que m'hi vaig trobar al mig sense saber com. En una mà portava el ciri. Amb l'altra em vaig desenganxar l'hòstia del paladar. Que no es podia llançar res al terra de l'església, això sí que ho sabia. Per això vaig ficar l'hòstia dins del missal. No era conscient de cap falta. Sincerament que no! Però més tard, a la casa parroquial la nostra professora de religió va esclatar un crit descomunal i va començar a dir que jo havia profanat el cos del Senyor, o que l'havia vilipendiat, o què sé jo què. I encara més tard la mama i el papa es van fer un tip de riure per aquesta història que fins i tot els queien llàgrimes. I jo ja no en vaig saber mai més res, d'aquestes coses!

Em sento molt insegura des que sé que l'Stefan és una persona creient. I ho és! Es veu que és l'únic de la seva família que va a l'església, segons m'ha explicat. La seva germana gran es rifa d'ell per aquest motiu. I el seu pare —a causa de l'impost religiós— es va donar de baixa de l'església. No es pot dir, doncs, que freqüenti la missa dominical forçat per la tradició familiar.

En realitat no em molesta la religiositat de l'Stefan. Només que m'adono que l'Stefan deu ser molt diferent de com jo me l'havia imaginat. Ximpleries! La veritat és que jo no m'havia imaginat absolutament res. La veritat és que només me n'he enamorat perquè té l'aspecte que té i perquè es belluga com es belluga. I en el fons això també és bastant estúpid! Però la culpa d'això en realitat només la té en Pummel perquè mai no s'allunya de costat nostre i sempre ens té a la vista i per això no he pogut tenir mai amb l'Stefan una conversa raonable.

El meu peu em fa una mica de mal. He passejat amb l'Stefan durant tres hores amunt i avall. Primer pel parc. Després hem enfilat el camí que surt de la ciutat, hem passat el cementiri i hem arribat al bosc. Allí ens hem assegut en un prat i l'Stefan m'ha passat un braç per darrera les espatlles. He notat que em volia fer un petó! Però llavors ha enretirat el braç de les meves espatlles i ha dit: «És millor que continuem!»

I si això estigués relacionat amb la seva religió?

De tota manera ha estat molt amable. Quan ens hem aixecat tenia unes tisoretes als meus pantalons i naturalment m'ha entrat un altre cop el meu pànic pels insectes. M'he volgut dominar, però no ho he aconseguit. M'he agitat i he cridat com una histèrica. Un altre qualsevol s'hauria rigut de mi, segur. L'Stefan només ha tret la tisoreta dels meus pantalons i l'ha tornada a deixar sobre l'herba. I ha dit que no m'havia de preocupar perquè cada persona té alguna o altra mania, només que la majoria de la gent no ho vol admetre. I llavors ha sospirat com si ell tingués moltes manies.

Però almenys l'Stefan m'ha explicat coses de l'Anita. Total, que no és cap perill per a mi. De fet es tractava que l'Anita anava amb ell a classe el curs passat. L'Stefan només s'ha trobat amb ella tres vegades. I ja no en vol saber res més perquè ella sempre està a la discoteca i l'Stefan, primera que no té cèntims, i segona que no li agrada anar de discoteca. Si tingués cèntims preferiria anar en una cava de Jazz. He fet trampa i li he dit que era exactament la meva opinió. He anat dues vegades amb el papa en una cava de Jazz. En Harri, l'amic del papa, sempre està allí. Va ser horrorós, pudent, ple de fum i avorrit.

Quan l'Stefan acabi l'escola se n'anirà voluntari a Sudamèrica. Per això estudia espanyol des de fa un any. Li agradaria bojament poder anar a Espanya. Esperava que a l'estiu tindria prou diners per anar-hi. Però malauradament ha aconseguit una feina estival per al mes d'agost. Així que fins a finals d'agost no tindrà els cèntims suficients. I llavors ja tornarà a començar l'escola. No m'he atrevit a preguntar per què els seus pares no li donen cèntims. O almenys, per què no els hi deixen fins a finals d'agost. Molt pobres no poden ser. L'Stefan sempre porta jeans cars. I fins i tot sabates cares. I la seva casa, en Pummel m'ho va ensenyar, té vuit finestres. Això vol dir que com a mínim té quatre habitacions. Gent pobre, no poden ser.

T'ho pots creure? El papa arriba! Havia quedat de venir a dos quarts de dues i són dos quarts de dues i està trucant a la porta. Probablement el seu rellotge va una hora avançat. O el meu va una hora endarrerit.

Dilluns 23 de juny

L'última setmana de classe abans de les vacances ha començat. Avui només hem fet el mandra i ens hem queixat perquè a la classe feia molta calor. A través de les enormes finestres el sol petava de valent a sobre nostre i no hi ha persianes que es puguin abaixar quan fa molt de sol. Un luxe semblant no el tenen els escolars ni per equivocació. No hem pogut obrir les finestres ni una sola vegada perquè llavors el soroll ens hauria envaït.

La Henne gairebé que ens cau a terra. Primer la cara se li ha posat molt vermella i ha gemegat i s'eixugava la suor del front sense parar. Després s'ha deixat anar a la butaca del professor. La seva cara s'ha posat grisa. «Un got d'aigua, si us plau», ha dit amb un fil de veu. No li hem pogut donar aigua, però, perquè a la classe no teníem ni un got ni res de semblant. La Corinna volia fer-li una compresa humida. Li ha plantat el seu mallot de gimnàstica com a mesura provisional. Però la Henne l'ha apartat amb un gest defallit i ha sortit de la classe balancejant-se. «Porteu-vos bé la resta de l'hora», ha esbufegat abans de deixar-nos. Em sembla que ha estat l'últim dia que l'hem vista. Estarà k.o. la resta de la setmana.

També en Raffzahn ha hagut de sentir les exigències de la nostra classe. Volia anar amb nosaltres al pati i fer la classe allí. Però el terç del pati que quedava a l'ombra estava ja ocupat per dos cursos inferiors. Ha desestimat la nostra proposta de traslladar-nos al celler. Així que hem tornat una altra vegada a la classe. I ja gairebé que havia passat l'hora. Després de la tercera hora ens han donat un «permís de calor». No m'ha servit de res perquè havia quedat amb l'Stefan a dos quarts d'una davant de l'escola. Així que m'he posat voluntàriament a la disposició de la Huberbauer per fer-li d'ajudant i amb ella he fet inventari a la sala de dibuix, hem apilat les capses de pintures, hem comptat els llapis i els papers, hem classificat els pinzells i les plomes i hem doblegat els tubs d'oli començats. La Huberbauer ha renegat i ha dit que sabia que el dimoni havia treballat insistentment als seus dominis.

Li he preguntat si pintava algun quadre. Perquè la Huberbauer no és només professora de dibuix, és una pintora acadèmica i pinta meravellosos quadres. Fa tres anys els seus quadres van ser exposats en una galeria.

La Huberbauer m'ha explicat que des de fa més d'un any no ha pintat gairebé res. Perquè ara té un *baby*. I amb anar a escola i portar una casa i cuidar un *baby*, ja en té prou. Al vespre està tan esgotada que el pinzell ja no se li aguanta a la mà.

El marit de la Huberbauer també es pintor. Però ningú li compra els seus quadres. Pinta, segons m'ha explicat ella, quadres enormes. Cap no fa menys de quatre metres quadrats. Per això les teles i les pintures costen una fortuna! I a més necessita l'habitació més gran de la casa. I amb els diners que la Huberbauer guanya a l'escola han de viure.

He preguntat a la Huberbauer perquè el seu marit no fa també de professor de dibuix. M'ha contestat que per a això és massa sensible! I pel que es veu també ho és per fer les feines de casa i per cuidar el *baby*.

Amb això el senyor es podria tornar boig! Jo sempre havia pensat que la Huberbauer tenia una vida agradable. Fins i tot havia pensat: Algun dia m'agradaria ser com ella! Tan emancipada i tan moderna que la imaginava! Però renoi! Peix el *baby* i cuina i planxa i renta i treu la pols i a més encara treballa. La veritat és que no és així com m'imagino la meva vida.

«Les dones són les més fortes», m'ha dit la Huberbauer.

Llavors li he exposat la teoria que a la mama li agrada de defendre i que té com a fonament que tots els homes només tracten de seduir les dones per poder tenir una vida més còmoda.

La Huberbauer estava commocionada. «Ara resulta que ets una petita feminista», ha dit admirada.

«No», he contestat, «però la meva mare n'és una de grossa!»

Al migdia m'he hagut d'empassar un desengany. En lloc de l'Stefan hi havia en Pummel davant de la porta de l'escola. El volia esbroncar, però portava una carta de l'Stefan. «Gustav segon, el més fort, el missatger cavalcant, porta a la gentil senyora un missatge d'amor», ha dit. I llavors ha preguntat: «La gentil senyora s'acontentaria potser, a manca d'una companyia més atractiva, a compartir la tarda d'avui amb un tros de cul com jo?»

A l'Stefan li ha sortit un treball provisional per avui a la tarda i al vespre. Un de la seva classe va a servir a les tardes en una fonda. I avui havia de fer alguna altra cosa i l'Stefan pot anar a substituir-lo i guanyar una mica de diners.

La carta deia que a l'Stefan li sabia molt de greu i que em telefonaria al vespre.

En Pummel m'ha portat a casa amb la moto. A la cantonada de casa nostra n'he baixat. Així l'Erika no m'ha vist anar amb moto sense casc i no li ho podrà explicar a la mama.

El meu dinar l'ha devorat en Pummel d'una mossegada, però com que fa tanta calor no tenia gens de gana. Després hem anat a casa d'en Pummel. Un altre cop no he pujat fins a la cantonada.

Hem jugat a ping-pong al jardí d'en Pummel. És increïble l'agilitat que té aquest sac de greix. M'ha derrotat tres vegades. No ha fet cap intent d'aproximació. Em sembla que finalment ha comprès que amb mi no té cap possibilitat, sentimentalment parlant.

Ara espero la trucada de l'Stefan i escolto la música de Charlie Parker. Sincerament, a poc a poc comença a agradar-me. La mama encara no és a casa. Després de l'oficina s'ha trobat amb el papa. Ja fa més d'una setmana que discuteixen per culpa de les vacances. Tinc curiositat per saber què en sortirà de tot això. En realitat, no tinc cap curiositat perquè segur que no en surt res de bo.

Dimarts 24 de juny

No pot ser veritat! Fa un moment que els meus apreciats progenitors m'han sorprès amb l'anunci que farem les vacances plegats. Un autèntic viatge pare-mare-nena!

Era, m'han comentat, l'única sortida raonable a tot aquest embolic de dates.

I si aquests dos no són capaços de comportar-se gaire raonablement? I com haurem de representar-ho?

I sobretot, a on?

Estic desconcertada!

PD:

L'Stefan torna a treballar avui a la fonda. Fins a les deu del vespre. Probablement demà també treballarà. Per telèfon m'ha semblat molt feliç. Rep moltes propines, ha dit. Hauré de creuar els dits perquè li vagi bé. Potser l'amo de la fonda el llogui també durant les vacances.

Si cada dia recull tantes propines com ahir, d'aquí dues setmanes tindrà prou diners estalviats per poder anar a Espanya.

Creuo els dits per ell, però no em resulta gens fàcil. Si és veritat que l'amo de la fonda el lloga, ja no el podré veure més en tot l'estiu. Primer treballarà, després anirà a Espanya i jo me n'aniré Déu sap on, i quan torni, ell ja tornarà a ser a Vorarlberg a la fàbrica. Quina porqueria!

PPD:

L'Stefan m'ha telefonat un altre cop. Des de la fonda. Hi havia tant batibull al voltant seu que no he pogut entendre res. «Que dormis bé», m'ha dit al final. Se'm remouen els budells quan me'n recordo. «Que dormis bé». Ho ha dit molt dolçament.

Dimecres 25 de juny

Es veu que els meus pares parlaven seriosament.

Efectivament, me n'aniré de vacances en companyia dels dos elements paternals.

Ara només es barallen sobre a on anirem.

La mama insisteix que a Grècia.

El papa persisteix que a Itàlia.

Però ara es barallen civilitzadament, més moderadament que abans. A la sala d'estar no sona cap paraula més forta que l'altra.

Em sembla que la mama acabarà cedint. Es veu que argumenta que Grècia és més barata que Itàlia. Diu que no ens podem permetre anar a Itàlia. Però el papa diu que podríem anar a Itàlia amb el seu cotxe i que ell pagaria la benzina, i així la mama s'estalviaria els bitllets d'avió.

I ara acaba de dir: «Per mi, pago totes les vacances!»

Ara la mama ja no podrà tenir-hi res en contra. No sento que de la sala vingui cap protesta.

Em sembla que ja em puc reunir amb els meus apreciats pares sense veure'm embolicada en una «discòrdia i disputa d'un ex-matrimoni».

PD:

Ho havia pressentit bé: ens n'anem a Itàlia. Convidades pel papa amb totes les despeses pagades. Segur que està tan generós perquè se sent culpable de tot el merder de les dates de vacances.

Naturalment no ho voldria admetre mai.

Però el penediment actiu també és una qualitat respectable.

PPD:

L'Stefan ha telefonat. Demà farem campana a l'escola. Si no, demà tampoc no ens podríem veure. L'Stefan ha de ser a la una a la fonda. Tindrem tot el matí per a nosaltres.

Dijous 26 de juny

Gràcies a Déu el lliurament de notes ja serà demà, si no, encara es podria posar dramàtic per a mi i se'n podrien derivar conseqüències!

Sense cap mal pressentiment he anat aquest matí amb l'Stefan al petit cafè que hi ha prop de l'estació final del tramvia. Hem begut coca-cola i em menjat pastís de poma. L'Stefan tenia diners de la seva feina a la fonda.

En un racó del cafè hi havia un home darrere d'un diari. De sobte el diari s'ha abaixat i en Piesinger m'ha mirat amb els ulls desorbitats i ha dit: «Ah, la senyoreta Weidinger. És molt interessant! M'he perdut el final de curs?»

M'he pensat que m'ensorrava amb butaca i tot dins de la moqueta. Què feia aquest individu al cafè? Per què no era a l'escola, per què seia precisament al mateix local on jo havia anat? Hi deu haver centenars de cafès pels voltants!

Però probablement d'aquí a la tardor en Piesinger ja haurà oblidat l'assumpte. I si no l'oblida no em podran pas posar la soga al coll per un delicte del curs anterior. Com a molt pot fer-se una mala opinió de mi. I de tota manera, ja la té.

Al costat de l'Stefan em sento molt superficial i molt curta. Parla de coses de les quals jo no tinc ni idea. L'única cosa que puc fer és assentir amb el cap com una bleda. Es veu que llegeix una barbaritat. Contínuament em pregunta: «Ho has llegit?» O diu: «És imprescindible que ho llegeixis!»

Em sembla que si sabia que només llegeixo còmics d'en Donald i del Micky Mouse, no em voldria veure mai més.

I avui encara m'ha preguntat on em «situava políticament». A l'esquerra, li he contestat. Probablement, en algun aspecte ha de ser cert. El papa sempre diu: «Jo, com a vell esquerrà...», quan discuteix amb l'avi-papa de política. I la mama quan llegeix el diari diu sovint: «aquests dretans de merda», i s'enfada.

Aquell que està a favor de la reimplantació de la pena de mort és de dretes. Aquell que està a favor de l'avortament és d'esquerres. Aquell a qui li agrada en Ronald Reagan és de dretes. Aquell que està contra la dictadura de Xile és d'esquerres. Aquell que maleeix els treballadors immigrats és de dretes. Aquell que maleeix Sud-àfrica és d'esquerres.

I amb això arribo gairebé al final de la meva sabiduria política. No és que sigui gaire. A més, segurament aquests raonaments tampoc no deuen ser vàlids. Perquè fins ara jo hauria dit: aquell que va a l'església és de dretes. I segur que l'Stefan no ho és. M'agradaria poder conèixer-me millor. Però com es comença? Com-com-com-com-com?

Divendres 27 de juny

El curs ja descansa en pau! Potser és això allò que en diuen una sensació agradable. I monetàriament estic també al setè cel. Religió deu, gimnàstica deu, dibuix deu, música deu i prodigiosament també a biologia, a física i a llengua deu! El deu de llengua l'esperava en secret. Però el deu de biologia i el de física són per a mi un enigma. Segons els exàmens havia de tenir un vuit pelat.

La Corinna m'ha dit: «Digues, Julia, és que encara no ho has entès, que ets la nena del cor de l'Ebeseder?» Naturalment que ho sé. A l'Ebeseder li agrado. Sempre em mira amb molt d'afecte. I jo li torno la mirada amb molt d'afecte. És un autèntic seductor. I si jo en lloc de catorze anys en tingués vint-i-un, podrien passar moltes coses entre ell i jo. Però que això es pugui reflectir a les notes, no ho tinc gaire clar.

Després del repartiment de notes i de la festa que ha tingut lloc a continuació al menjador, he anat directament a casa de l'avi i no només m'he embutxacat set-cents xílings, sinó que a més he rebut d'ell una magnífica oferta per al futur. L'avi estava enormement commogut de no haver de pagar només per «assignatures secundàries» i ha dit: «Estimada néta, la teva nova aplicació ha de ser fomentada. Des del pròxim primer de mes rebràs de mi una beca mensual per l'import de dos-cents xílings.»

Que podria resoldre el meu cataclisme econòmic d'aquesta manera, no m'ho hauria imaginat mai!

I ara arriba el prodigi que confirma el refrany: SEMPRE PLOU SOBRE MULLAT. I és que a la tarda la mama ha mirat casualment la seva llauna de diners de reserva i amb arrugues d'estranyesa al front m'ha preguntat: «Digues, Julia, com és que aquí dins només hi ha bitllets nous de cent si jo n'hi havia posat de molt gastats.»

Llavors li he explicat que havia agafat els diners per pagar deutes i que amb els diners que m'havia donat l'avi-papa havia arreglat els comptes. I la mama m'ha preguntat com era que no en tenia prou amb la meva paga i llavors ha resultat que la bona senyora es creia que jo rebia mensualment del papa quatre-cents xílings. Es veu que ho havia acordat així amb el papa. Des de ja fa molt de temps. I des d'ara cada primer de mes em donarà cinc-cents xílings. I els reclamarà al papa en concepte de la meva pensió.

Filla, què més vols: De cop i volta m'he convertit en una noia acomodada. Avui és un dia de felicitat completa. Stefanment, tot va també o.k. M'ha vingut a buscar a la geladeria, m'ha acompanyat a casa de l'avi, ha esperat al parc fins que he tornat de casa de l'avi, m'ha acompanyat a casa i encara s'hi ha quedat a sentir una cara de l'LP de Charlie Parker.

Després se n'ha anat a la fonda.

Només pummelment estic una mica desorientada. Fa un moment m'ha tornat a telefonar i ha dit, Gustav segon, el més fort, té una demanda contra la gentil senyora i amb un salt se li plantarà al davant. Abans que no pogués desfer-me d'ell amb una excusa ja havia penjat l'auricular. Bé, i què! De tota manera no tinc ganes d'anar a dormir. La mama ha anat a casa de l'Alice. I a la televisió no fan res d'especial. Per què no hauria de poder matar el temps amb en Pummel?

Dissabte 28 de juny

Oh, maleït infern! Ja tinc ganes de veure-ho! Les vacances pare-mare-nena semblaran un comandament intergalàctic. Quan aquest migdia he arribat a casa el papa i la mama ja estaven en plena baralla. Indirectament jo n'era el motiu perquè no he arribat, tal com havíem quedat, a les dotze, sinó a dos quarts d'una. Era amb l'Stefan a casa d'en Pummel. Hem jugat a ping-pong i he pensat: De tota manera el papa arribarà tard, puc afegir ben bé mitja hora. Primer m'hauria hagut de conscienciar que el papa des de fa poc és puntual. Si hagués arribat mitja hora abans el papa no m'hauria hagut d'esperar i els dos no haguessin tingut ocasió d'utilitzar el temps d'espera en una baralla. Em sembla que primer s'han discutit per culpa de la paga que el papa mai no m'ha donat, però quan jo he arribat ja estaven ocupats en d'altres coses. Han tret a relluir coses autènticament prehistòriques. Quina mena de vacances ens esperen si —a excepció del dia del meu aniversari— no poden mantenir-se en pau ni una hora?

El papa ha afirmat que jo ho veia massa negre. «Però si no ens hem discutit», ha dit. «Això era només un exercici de prescalfament.» No m'ha fet cap recriminació per l'assumpte de la paga. Com és que jo no havia reclamat mai els diners? Jo hauria d'haver sabut, doncs, que el conveni li havia «fugit del cap». Aquesta sí que és bona! Com podia jo saber-ho si no havia sentit a parlar d'aquest conveni ni una sola vegada. Tot el viatge fins al llac Neusiedler ha estat justificant-se. Fins i tot s'ha ofert a pagar-me les quotes endarrerides de tot un any. Però ho he refusat.

No necessito tants diners. Em sembla que li he tret un pes de sobre no acceptant la seva generosa oferta. Però seria ben absurd! Si em donava els diners li hauria de quedar a deure a la mama la meva pensió. Cinc mil xílings suplementaris, el bon home no se'ls pot treure tan fàcilment de la màniga!

Volíem reservar una habitació per passar la nit, però malauradament tots els hotels i totes les pensions en què hem preguntat estaven plens. Fins i tot en un hotel de cinc estrelles. Si no arribo a contenir el papa hauria reservat una habitació allí. Llavors el papa ha opinat que podríem dormir a la casa que té llogada un amic seu. Hi hem anat però malauradament els tres llits de convidats ja estaven ocupats. Així que al vespre, després de navegar, hem tornat a casa.

He tornat a veure en Hademar, el de la veu que li surt pel nas tapat. És soci del club nàutic. El seu pare hi té amarrat un veler. Amb pantalons blancs, americana blava i una gorra de visera anava deambulant. I m'ha preguntat si el meu papa és en realitat el meu papa o el meu amant. Està completament tocat del bolet! I volia anar amb mi en una discoteca al vespre. Jo no hi tenia res en contra, però el papa no ha volgut. «No m'agrada conduir després de mitjanit», ha rondinat. Ha estat realment antipàtic. I pel camí de casa ha insultat en Hademar. Que per què li somreia a un «cul amb orelles» com aquell, m'ha preguntat. He tranquil·litzat el papa dient-li que no hi havia absolutament res i li he explicat coses de l'Stefan. Malauradament també li he explicat que l'Stefan va a missa i és creient. Llavors el papa ha començat a riure com un porc mesquí. I això que sempre parla amb prepotència de tolerància. Quan s'ha adonat que jo m'enfadava s'ha volgut disculpar, però s'ha notat que només ho fingia. I llavors encara m'ha preguntat si ara potser jo també em «convertiria». Ha dit hipòcritament: «Els joves amors ho poden fer possible tot.»

A dos quarts d'onze he arribat a casa.

La mama no és a casa. On és? No m'ha dit que sortiria aquest vespre. Probablement no ha quedat fins a aquesta tarda.

M'estiraré al llit i llegiré. L'Stefan m'ha deixat un llibre. Sobre el tercer món. Perquè jo li vaig dir que havíem de fer donatius per al tercer món. I ell em va contestar que els donatius només tranquil·litzen la nostra consciència. I que la política mundial havia de canviar i s'havia d'acabar amb l'explotació. I jo li vaig dir que no ho entenia. I per això m'ha portat aquest llibre i m'ha dit que si el llegeixo ho entendré tot. Però em sembla que sóc massa curta per a això. Ja n'he llegit les deu primeres pàgines i no he entès res de res. Què és l'imperialisme? Què és la burgesia? Què és el marxisme? Qui són els lliberals? Què és l'humanisme? Què és la dialèctica? Què és la descolonització? I així pàgina rere pàgina. O jo sóc especialment estúpida o l'Stefan és especialment culte! De tota manera intento fixar-m'hi quan llegeixo, encara que només entengui la palla. Malgrat tot ara em faré entrar unes quantes pàgines al cervell. Amb l'ajuda del diccionari. No puc consumir eternament només revistes i còmics d'en Donald i d'en Micky!

Diumenge 29 de juny

Desconcertant, desconcertant! La mama encara no és aquí. Com ho he d'interpretar? He de preocupar-me per ella?, o he de telefonar a l'Alice per si la mama és a casa seva? En tot cas, ja són les onze.

Ridícul! La mama deu haver acceptat una invitació d'última hora per al cap de setmana. No ha sospitat que jo tornaria a casa. Serà millor que telefoni a l'Stefan i li desitgi un bon diumenge. Segur que ja ha tornat de l'església i que encara no ha anat a la fonda.

L'Stefan ha anat al zoològic amb el seu germà petit. M'ho ha dit la seva mare. Per telèfon no m'ha semblat gens desagradable. M'ha preguntat si jo era la Julia. Això vol dir que l'Stefan li ha explicat coses de mi.

Començaré a vestir-me. El papa arribarà d'un moment a l'altre, si és que continua amb la seva puntualitat. No he esmorzat perquè el papa em vol portar a prendre un *brunch*. És un entremig entre esmorzar i dinar molt usual als USA i segons diuen molt elegant.

Molt inelegant, el meu estómac rondina.

Encara més desconcertant, encara més desconcertant! La meva estimada senyora mare és molt més misteriosa del que jo l'he considerada fins ara.

He arribat a casa cap a les deu, i estava asseguda a la terrassa bevent Campari amb taronjada. M'ha preguntat com m'havia anat i jo li he tornat la pregunta, com li havia anat a ella. M'ha dit senzillament: «Ves, com sempre! Netejar la casa, dormir fins tard i mirar la tele».

Jo he preguntat: «A on?»

Ella ha contestat: «Què vol dir, a on?»

Jo li he dit: «No, aquí segur que no.»

Ella ha contestat: «Què vols dir amb això?»

Jo he dit: «No, perquè tu no has estat a casa.»

Ella ha contestat: «Ah, has telefonat? Ho sento.» Llavors s'ha posat a parlar cada cop més de pressa. «Probablement era a casa de l'Erika i no he sentit el telèfon. I també he estat al jardí arrencant males herbes. I al celler...!» Després s'ha interromput i ha preguntat: «I quan has telefonat?»

Dins del meu cap els pensaments circulaven en doble sentit. Un pensament era: digue-li que has dormit a casa i que acabi d'una vegada amb aquesta xerrameca estúpida! L'altre pensament deia: Tanca la boca i no et facis la vida més difícil!

El segon pensament ha guanyat. He dit: «Ja no me'n recordo. Avui, cap allà al migdia. I ahir al vespre. Només volia saber si m'ha telefonat la Corinna.»

La mama ha dit: «Sí, sí, jo devia ser al jardí. I no ha telefonat ningú preguntant per tu.»

Això ho he de digerir amb tota tranquil·litat. Amb una cullerada de bicarbonat concentrat. Si no, no ho paeixo.

Dilluns 30 de juny

Visiblement, no té cap sentit tractar discretament amb els senyors i les senyores pares. De matinada fresca ha telefonat el papa perquè volia dir a la mama no sé què de l'allotjament de les vacances i la mama ha sabut per ell que dissabte no ens vam quedar a dormir a Neusiedler.

Jo hauria volgut passar per alt la qüestió, però la mama ha insistit a explicar-m'ho tot. Lloat sia Déu, ja no ha tingut temps perquè havia d'anar a l'oficina. Ho ha ajornat per aquesta tarda. Espero que fins llavors tingui temps de preparar una història que pugui explicar sense posar-se vermella.

Ara aniré a la piscina. El meu peu està totalment cicatritzat i ja es pot ficar dins de l'aigua.

L'Stefan també vindrà a la piscina. S'hi podrà quedar tot el dia. La fonda fa avui dia de descans.

La Corinna també hi vindrà. Ara ja pot conèixer l'Stefan tranquil·lament. Ara ella ja no em fa cap por.

Avui m'han passat tantes coses que no sé ni per on he de començar a escriure-les. Sí! Sí que ho sé! Amb l'esdeveniment més important del dia, naturalment, i aquest és: l'Stefan m'ha fet un petó! Tornant de la piscina cap a casa, m'ha fet un petó. Hem sortit de la piscina i hem anat tots plegats carrer avall. L'Stefan, en Pummel, jo, la Corinna, la Didi i els dos idiotes rematats de la classe de l'Stefan, que jo ja coneixia del dia de la cafeteria. Els dos idiotes rematats feien bromes ordinàries i en Pummel feia el fatxenda. Em sembla que ha tirat l'ull a la Didi. Només tenia ulls per a ella. Es notava ben clarament. A mi ja m'està bé. No em podia passar res de millor que treure-me'l de sobre i que es tombés cap a una altra. I la Corinna, el dimoni deu saber per què, es veu que ha trobat el gust a un dels idiotes rematats. En tot cas ha rigut pels descosits i ha celebrat les seves estúpides bromes. Estava amb ell que no cagava. L'Stefan i jo anàvem a poc a poc i la distància que manteníem amb els altres es feia cada vegada més llarga. I llavors hem tombat per un camí que anava a parar en uns hortets. I ens hem quedat allà plantats i ens hem mirat profundament. I l'Stefan ha acaronat una mica els meus cabells. Suaument i tendre. I jo he posat en marxa totes les meves forces telepàtiques. L'he mirat molt fixament als ulls i he pensat amb tota la meva força: Ara, fes-me un petó! Ara, fes-me un petó, de seguida! I ha produït efecte. L'Stefan ha tret les mans dels meus cabells i les ha posat a les meves espatlles i m'ha besat. Com era el petó, em seria molt difícil de descriure. Efusiu-calent-tempestuós-ardent-dolç, totes són paraules trivials de novel·la romàntica. Era maco. Fins i tot molt maco. I encara hauria pogut durar més. Però l'Stefan m'ha deixat anar de seguida i hem continuat caminant. Ja m'imagino per què ho ha fet! Com que durant el petó m'he acostat molt a ell he pogut notar que dins dels seus pantalons el seu penis es posava molt dur. Em sembla que per a ell ha estat desagradable.

Hem baixat pel caminet dels horts i ens hem agafat les mans. Llavors hem anat a parar en una tanca on acabava el camí. Així, que hem tornat enrere. M'hauria agradat besar l'Stefan una altra vegada, però ell caminava tan de pressa que no m'ha deixat cap possibilitat.

Al capdamunt del carrer ens esperaven els altres. Hem anat amb ells a la geladeria i he patit com una condemnada. M'hauria estimat més estar una mica sola amb el meu «primer petó».

El segon esdeveniment més important del dia: la mama té un amic. Des de ja fa un any. També ha confessat que no sempre fa hores extres quan arriba tard al vespre. Per què m'ho ha ocultat fins ara, ho ignoro. Li he dit que la seva vida privada no s'ha de veure coaccionada per mi. Només que no m'agradaria que el seu amic vingués a viure a casa nostra. Perquè no necessito un substitut de pare. La mama ha rigut llavors, però ha rigut una mica amargada i ha dit: «No en correm cap perill!» Això ha sonat com si aquest amor de la mama fos un amor infeliç. Llàstima.

El tercer esdeveniment més important del dia. El tros-de-bèstia de la Windisch també era a la piscina. Me l'he trobat a l'àrea dels aparells gimnàstics. Estava molt més xerraire que a casa seva. Ha insultat terriblement la seva mare i els seus avis. I després ha dit: «Ja veuràs, a Itàlia tindràs ocasió de conèixer la meva mare.»

«Un moment», he dit, «segur que no. Les meves vacances seran de pare-mare-nena».

Llavors ell ha arronsat les espatlles i ha dit: «Les meves informacions són molt diferents.» Ha afirmat que ell i la seva mare i el papa i jo tindrem unes vacances col·lectives. Així és com li ha venut la seva mare.

Això necessita una explicació! Què deu està maquinant el papa un altre cop? L'he d'interrogar. De moment no ho explicaré a la mama, si no començarà a donar-hi voltes. Però ara ja estic fermament convençuda que aquí se'n prepara una de grossa perquè segur que el tros-de-bèstia no ha mentit. I la Windisch tampoc el deu haver enganyat.

Amb aquesta contradicció al cap no em puc adormir. Telefonaré al papa. Em portaré el telèfon a la meva habitació a fi que la mama no pugui sentir-me.

Oh, maleït infern! M'he quedat sense parla. Gairebé que tampoc no puc escriure. El papa ha fugit d'estudi tant com ha pogut. I al final ha empès cap a fora la veritat, que és la següent: Ell i la mama i jo ens hostatjarem a Lerici a l'hotel Lord Byron. I la Windisch i el seu tros-de-bèstia s'allotjaran en una casa particular amb una família italiana. Ell no pot, ha gemegat, prohibir a ningú d'anar a

Lerici. No en té cap culpa, de la situació. S'ha produït sense la seva intervenció.

No hi ha ningú que ho entengui! Això ho ha arreglat l'estimat tros de cul que tinc per pare a traïció.

Em sembla que ho he d'explicar a la mama. Però és millor que ho ajorni per a demà. Té dret a passar una nit tranquil·la.

Dimarts 1 de juliol

L'Stefan es comporta d'una manera rara. Diu que està content perquè aviat —quan tingui els diners suficients— anirà a Espanya i perquè jo aviat me n'aniré cap a Itàlia. I llavors sospira i agafa la meva mà i la besa i diu que m'estima i que això vol dir tenir responsabilitats envers algú i que malauradament jo només tinc catorze anys. Descomptat i debatut, aproximadament això: Jo et porto cap a una temptació a la qual tu no et pots resistir, i per això és millor que entre nosaltres s'estenguin mil quilòmetres de mar i de paisatge. I tot just acabar-ho de dir m'ha abraçat i m'ha estret tan fort que gairebé em faltava l'aire. I llavors m'ha deixat anar de sobte i ha sospirat i ha dit que està content perquè aviat anirà a Espanya... Aquest matí ho hem assajat x vegades.

Oh, maleït infern, però si això és una rucada! No té cap responsabilitat per mi! La responsabilitat per mi ja me l'agafo jo mateixa. Ell no pot pas decidir per a què sóc massa jove. Avui, després que l'Stefan se n'anés a la fonda, m'he trobat amb la Corinna i hem discutit de tot això. La Corinna opina que l'edat que posa al carnet d'identitat no és decisiva per a «la primera vegada». Opina que la Didi és encara massa jove i massa pueril per a això, tot i que és un any més gran que jo, perquè va repetir un curs. Però jo, opina la Corinna, sóc molt més madura. Jo opino el següent: Vull decididament que l'Stefan em besi tan sovint com sigui possible. I per cert, sense remordiments i penediments pel mig. I vull abraçar l'Stefan i que ell m'acaroni. Com pot continuar això i si encara voldré més sexe, no ho sé. Tampoc no ho puc saber perquè mai ho he experimentat. Però ens hi podríem arriscar. Estic segura al 99 per cent que no vull anar al llit amb ningú, ni tan sols amb l'Stefan. Hi tinc una por descomunal, em sembla. Però del 99 per cent al total en falta precisament un 1 per cent. I això ja m'excita una mica. I no comprenc absolutament per què després de la sopa no puc menjar el rostit només perquè tinc por de no poder mai més aconseguir les postres. És una comparació estúpida! Sopa i carícies, rostit i abraçades, postres i cardar no es pot refregir a la mateixa paella. I segons diuen —ho ha afirmat la Corinna— per a una noia és impossible de dir senzillament «atura't» quan sexualment s'ha posat en marxa. Llavors, diu, tots els homes s'obliden de jugar net. L'Stefan segur que no és així!

A més de tot això hi ha una gran pega: No puc de cap manera sense prendre anticonceptius. I on els aconsegueixo? Al ginecòleg. Ha-ha-ha! Ni tan sols a les meves hores d'il·lusió més asolellades em puc imaginar una Julia que li demana a sa mare la llibreta de la seguretat social i li diu: «He d'anar al doctor per les píndoles!» I encara tot i aconseguint-ho, la idea de la senyoreta Julia que entra a la consulta del ginecòleg i demana amb tota la cara anticonceptius, és absurda. Amb catorze anys! Encara que sigui absurd que jo ho trobi absurd! Al cap i a la fi l'home està allí per a això.

Oh, maleït infern, que n'és, de complicat, això, i de comprometedor i de compulsiu!

PD:

No he explicat encara a la mama la traïció que el papa ens ha fet amb les vacances. Tinc por que les vacances senceres facin un pet com una gla. I llavors hauria de decidir una altra vegada si vull jugar a la mama i la nena o al papa i la nena. Si només fos dos, tres anys més gran podria agafar el portant i anar amb l'Stefan a Espanya i deixar plantat el poti-poti familiar. I el papa podria prendre el sol amb la seva Windisch. I la mama podria desaparèixer amb el seu cavaller secret. Probablement seria millor per a tots.

A propòsit del cavaller misteriós! Hi he estat pensant. De fet només es pot tractar del director de la mama. O del seu company de feina. Però és condemnadament jove per a la mama. Sospito d'un d'aquests dos perquè a la mama no li ha telefonat mai ningú a casa que es pogués prendre en consideració. I quan la mama tornava a casa després de fer hores extres —que mai més ja no tornaran a ser autèntiques hores extres— molt sovint el director la portava amb cotxe. O el seu company. I on més l'hauria pogut conèixer, si no? Gairebé mai es barreja amb el poble. Està casat el director? Ho he d'esbrinar discretament.

Dimecres 2 de juliol

Déus, cul i trons! Resulta que un té vacances i la vida podria ser tan meravellosa i jo em gronxo a l'hamaca de la terrassa i estic més avorrida que a la classe més avorrida de llatí.

Avui l'Stefan també treballa al matí perquè a la fonda tenen un casament concertat per a migdia i s'han de fer tots els preparatius per al dinar de cent persones.

Naturalment, em podria deixar caure a la piscina amb la Didi. Naturalment, podria quedar amb la Corinna per fer alguna cosa. Naturalment, podria també contactar amb en Pummel. I, si no, podria animar algú de la classe per a qualsevol cosa. La majoria encara no ha sortit de vacances. Fins i tot podria telefonar a en Hademar, el de la veu del nas tapat.

Però no tinc ganes de fer res si no ha de ser amb l'Stefan. Estic totalment obsessionada amb ell.

M'exposaré a una sessió de masoquisme i endreçaré una mica la casa. Almenys així la mama traurà alguna cosa del meu avorriment.

En Pummel ha telefonat. Em vindrà a visitar. És la seva obligació. Però llavors m'haurà d'ajudar a fer neteja. Com que una vegada no li vaig acceptar el seu generós oferiment, li traslladaré per a avui.

Dijous 3 de juliol

La mama m'ha promès per a les vacances un bikini nou i un cinturó nou. Amb els meus propis cèntims em compraré unes ulleres de sol demencials que he vist al centre. I també em firaré unes arracades. Fins i tot em podria permetre el luxe de comprar-les xapades d'or. Només que necessitaria fer-me un forat a les orelles. La mama ho troba horrorós i primitiu, però allò que jo faci amb el meu lòbul de l'orella és només cosa meva.

La Didi s'ha fet fins i tot quatre forats a l'orella esquerra.

Se'ls va foradar ella mateixa.

Primer es va insensibilitzar les orelles amb un glaçó i després es va fer el forat traspassant-se una agulla desinfectada amb foc.

Es veu que a l'orella no tenim gaire nervis i no fa, es pot dir, gens de mal.

Em deixaré operar per la Didi. No aconseguiria mai punxar-me jo mateixa. Ho trobo pervers.

Aniré a buscar la mama a l'oficina i aniré amb ella a comprar el bikini i el cinturó. Si no, sense mi tornaria a comprar rampoines. Abans, però, encara he d'endreçar una mica. L'Stefan ha estat aquí al matí. He de buidar el cendrer i fer desaparèixer les ampolles de cervesa. I desar els discos dins de les seves fundes. I rentar els plats i les tasses de cafè.

Quin és el motiu profund pel qual no vull que la mama noti la visita de l'Stefan?

Segurament no hi tindria res en contra. Però em començaria a fer preguntes! Com si fos un presentador de concursos durant la fase final!

I llavors jo hauria de mentir.

No puc informar tranquil·lament a la meva senyora mare que la seva senyoreta filla aquest matí ha embrutat tota sola la sala d'estar. No s'ho empassaria. Per què no, exactament? Potser l'estic jutjant injustament.

Divendres 4 de juliol

Oh, maleït infern! *big sister is watching me*! Podria assassinar l'Erika. Aquest tros de vaca no es podria ocupar dels idiotes que té per descendents i fer només cas de les seves xafarderies? Ha d'haver fet un espionatge de professional perquè des del jardí interior no pot haver vist de cap manera el que diu que ha vist! I tampoc no ha estat pas tal com ella ho ha descrit. Que jo estava despullada! Quina ximpleria. Estava en bikini. Em sembla que al mes de juliol deu estar permès. I l'Stefan no estava estirat a sobre meu! Estàvem estirats l'un al costat de l'altra, l'un mirant a l'altra. Però aquesta subtil diferència no la deu poder apreciar un tros de vaca com aquest! Des d'avui l'Erika s'ha convertit per mi en aire. En la més transparent de totes les masses d'aire. Com si només fos una simulació. Cinc minuts abans que la mama arribés a casa estava parlant amb mi tota innocent. I després ha anat a la mama i li ha xerrat tot el que havia espiat!

Tampoc no és normal com ha reaccionat la mama. Abús de confiança, ha dit cridant. I que ja no em podrà deixar mai més sola a casa! S'ha comportat com si jo hagués convertit la nostra santa casa en un *sex-shop*. Ara és a la seva habitació. Ha de reflexionar quines conseqüències portarà tot això. Tan espatllada està? Conseqüències! Em vol tancar en un convent? Ha-ha-ha, molt divertit!

Estic amargament decebuda de la mama. Durant les últimes setmanes hem estat molt bé l'una amb l'altra. I ara ja no en queda res de res. La relació mare-filla se'ns ha perdut per les ones altes. Una vegada amunt, una vegada avall. Em fa vomitar. Sincerament

Dissabte 5 de juliol

Ara només són dos quarts de deu del matí i ja porto al meu darrere una representació desproporcionadament dramàtica en tres actes.

Durant l'esmorzar la mama m'ha dit que ha passat tota la nit desvetllada i que havia reflexionat sobre tot això. Ja no està enfadada. (Quanta generositat!) I després m'ha interrogat «fins a on» ha arribat la meva relació amb l'Stefan. He deixat que s'inquietés una mica abans de tranquil·litzar-la amb la comunicació que, a part de petons, no havia passat res (fins ara res!) entre jo i l'Stefan.

Ja tornàvem gairebé a ser bones amigues quan la mama ha dit: «I al papa no li explicaré res de tot això.» (Realment prepotent, ho ha dit.) I jo, amb tota la innocència he dit: «De tota manera ja ho sap.»

Amb això la *lady* s'ha enfonsat completament. Fins i tot ha començat a ploriquejar. Només perquè jo ho havia explicat al papa i a ella no. Sanglotava sense parar i ha xisclat: «Doncs ja te'n pots anar a viure amb el papa!» I perquè jo només he contestat «o.k.», no ha volgut saber res més de mi.

Què esperava, doncs? Que caigués de genolls a terra i que amb les mans alçades li demanés per favor que em continués donant allotjament i menjar?

Arriba el papa. Acaba d'aturar el seu cotxe. M'espanta que ara l'obra teatral no aconsegueixi un quart acte. En tot cas aquest impenetrable esdeveniment no continuarà amb mi. No podrà ser més que un acte per a dos intèrprets.

Diumenge 6 de juliol

Ah-ah! Quina son! Ja fa estona que ha passat la mitjanit. El cotxe del papa s'ha aturat a l'autopista. Ens hem hagut de fer remolcar i hem esperat durant quatre hores en un taller fins que el carro ha estat novament a punt. Però el temps d'espera no ha estat tan malament. He discutit la situació amb el papa. Amb tot el que la mama li havia embotit al cap durant el quart acte, el pobre home no en treia l'entrellat. I durant el dia hem tingut tanta gent al voltant que no hem pogut parlar. I anit el papa estava engatat. Al restaurant va trobar un antic amic amb el qual va trincar en abundància. No va tornar a l'habitació de l'hotel fins a les dues de la matinada.

El papa és un autèntic tresor. Ho veu tot molt més fredament que la mama. Ha opinat que jo tinc molta sort. Perquè m'havia tocat l'Stefan com a primer amor. I perquè l'Stefan no m'havia instigat. I per això jo podria escollir lliurement per mi mateixa. M'ha dit que —a la seva època— això era molt més estúpid i obscè. Ell havia arribat a pressionar realment les noies que li agradaven fins que li agafaven un autèntic temor. Més o menys: o te'n vas al llit amb mi o hem acabat!

El papa opina que de tota manera jo hauria d'ajornar les meves decisions sexuals per a la tardor. Només falta una setmana perquè ens n'anem a fora. I llavors no veuré l'Stefan fins al cap de sis setmanes. I qui sap si amb aquest temps no pot canviar tot.

Naturalment el temps no canviarà res. Absolutament res! En el meu cas almenys no. I en el de l'Stefan? M'agafa un mal d'estómac terrible només d'imaginar-me que l'Stefan pugui veure una noia a Espanya o després a Vorarlberg i que se n'enamori. Naturalment, podria ser possible. Només cal, per poder-se enamorar d'ell, proposar-s'ho. Amb el seu aspecte. I amb la seva manera de ser. Però de tota manera jo estic en avantatge. Espanya i Vorarlberg estan molt lluny. I tard o d'hora l'Stefan haurà de tornar. Com a molt en podria resultar un amor per correu. I amb això em veig amb cor de competir-hi.

PD:
Demà a les deu em trobaré amb l'Stefan. Demà hi ha dia de descans a la fonda. Primer anirem probablement a la piscina. Però només fins a migdia. Després li faré un dinar. Alguna vegada m'ha dit que el filet de bou li agrada amb bogeria. Filet de bou fet amb carbó d'alzina. Encara tenim dos filets enormes a la nevera. I els podrem fer a la brasa a la terrassa. Ja tornarem a tenir l'Erika a sobre! Que ho faci! Li penso treure la llengua!

Dilluns 7 de juliol

La mama vol conèixer l'Stefan! O.K., que el conegui. L'única possibilitat és avui, perquè la fonda té dia de descans. No convidaré, doncs, l'Stefan a dinar, sinó a sopar.

L'autèntica pau encara no regna entre jo i la mama, més aviat tenim un armistici. I jo tampoc no puc portar l'autèntica pau perquè jo estic totalment lliure de culpa. I no estic en absolut disposada a cedir quan tinc tota la raó!

L'Stefan ja té prou diners estalviats per poder anar a Espanya. Es veu que li donen una quantitat de propines increïble. Fins i tot una vegada una senyora grassa li va donar d'amagat cent xílings. Però l'Stefan es quedarà aquí encara fins al cap de setmana. No només per guanyar més diners, sinó perquè, sobretot, no es pot separar de mi. És tan maco! És tan meravellós! És la meravella més gran de totes les que existeixen!

Abans de trobar-me amb l'Stefan a les deu he d'anar encara a comprar. La mama m'ha escrit una llista llarguíssima per al sopar. Vols dir que l'Stefan ja està totalment conscienciat de conèixer la mama amb un filet i a la claror d'espelmes?

Ja està! Ja ho hem passat! I no ha estat ni molt menys especialment monstruós. La mama ha servit quatre plats: sopa de cogombres freda amb cues de cranc, truites de riu amb pernil, filets amb acompanyament de verdures i *soufflé* de xocolata.

L'Stefan ha dit que mai de la vida no havia menjat tan bé. Tots dos han fet una llarga i especialitzada xerrada sobre Jazz. I l'Stefan ha reparat l'interruptor del llum que hi ha a la cuina al costat dels fogons. La mama s'ha entusiasmat bastant amb ell, em sembla. En tot cas la cara se li ha il·luminat que semblava un far de 2.000 wats. Només que li ha preguntat una mica massa coses sobre ell, segons el meu sensible gust. Pares? Germans? Escola? Infantesa? Perspectives de feina? A mi, en el lloc de l'Stefan m'hauria costat de respondre correctament i en el moment precís a totes les preguntes. Però l'Stefan ha portat una conversa i unes respostes dignes.

PD:
He decidit no dir a la mama que la K.W. també serà a Lerici. Potser el papa repartirà de tal manera la seva vida de vacances que la mama i la Windisch no s'hauran de veure. Lerici és força gran.

PPD:
De fet podria dir ara a la mama: «Bé, estimada senyora mare, ara ja t'he presentat el meu amic, ara sigues si us plau tan bondadosa i presentem el teu!» Els mateixos deures per a tots!

I si hi consentís?

Prefereixo no provar-ho. Perquè si és cert que el cavaller misteriós és el seu director, resultaria una vetllada desagradable. El tipus és força antipàtic. Si el cavaller misteriós es el seu company, podria resultar una vetllada simpàtica. D'altra banda: El director és divorciat. I el company està casat. Aquesta informació l'he obtinguda de passada, mitjançant refinades preguntes.

Dimarts 8 de juliol

A l'Stefan li agrada la mama. Ha afirmat que m'hi assemblo molt i que tinc els mateixos moviments i el mateix riure i la mateixa mímica.

Absurd. En realitat m'assemblo al papa. La qual cosa és una sort, pel que fa al nas. Com a molt tinc els ulls de la mama.

L'Stefan volia que anéssim a la piscina al matí, però l'he persuadit que es quedés a casa amb mi. Els pocs dies que encara el tindré per a mi no vull compartir-lo amb en Pummel i amb la Corinna i amb tots els altres.

L'Erika ha treballat tot el matí al jardí. Però molt a disgust seu no li ha arribat res d'interessant. No pot haver tafanejat més que detalls sobre el cel i l'infern i els pecats i coses així. D'això és del que hem parlat. Les creences de l'Stefan són molt més complicades que tota la història que sempre ens explica el sant Bertram. L'Stefan no creu en l'infern, i tampoc en els dimonis. I té moltes coses contra el Papa. Ha parlat de l'església de l'alliberament. I jo no hi entenc res, però la veritat és que en sóc personalment culpable perquè jo, tros de vaca, sempre moc el cap assentint quan ell diu alguna cosa. Per por que em consideri tan estúpida i tan inculta com realment sóc. Però és que jo sempre funciono així: Utilitzo el meu petit cervell no per a entendre realment alguna cosa, sinó per a intentar que ningú no noti que no he entès res.

Per a l'escola és una recepta útil. Però, i per a l'Stefan?

PD:

En Pummel ha estat a casa meva. Malauradament entre la Didi i ell no hi ha cap vibració. Li he preguntat: «Com va tot amb la Didi?»

M'ha contestat amb una pregunta: «Qui és la Didi?»

Estava absolutament irritat i no ha jugat al titelleta ni a Hola-gentil-senyora.

Abans que se n'anés m'ha preguntat si m'agradaria d'anar amb ell a Grècia al mes d'agost. El seu oncle té una casa a Lesbos. Però l'oncle no hi seria. A hores d'ara està a la casa que té als Alps.

Naturalment, hi he refusat. Malaguanyats mar grec i sol grec i sorra grega, però defendre'm durant tot un mes d'en Gustav segon, el més fort, no és anar de vacances, és una feina i de les més dures.

Com que hi he refusat ha dit: «O.k.! Ja coneixia la resposta. Al costat d'un monstre vomitiu com jo no ho podries suportar.»

Per això he declarat que a mi m'agradaria anar-hi, però la meva mare no m'ho permetria. No necessito ni preguntar-li, li he mentit, ho sé de sobres perquè volia anar amb la Corinna a Anglaterra i fins i tot en això la mama ha estat estrictament en contra. Em sembla que en Pummel s'ho ha empassat. Si no, no sé com podria ajudar-lo.

Dimecres 9 de juliol

Plou tan fort que el carrer de davant de casa sembla un riu. Dintre meu també plou. Només podré veure l'Stefan demà i demà passat, després estaré viuda durant sis setmanes. És el primer any que no m'alegro d'anar-me'n de vacances.

A les cinc em trobaré amb el papa. Vol comprar coses per a les vacances. Un joc de cartes, uns escacs magnètics, un disc volador, un matalàs inflable i tots els trastos que inefablement desapareixen misteriosament durant l'hivern. Es quedarà meravellat. Entrarem en una llibreria. Però no anirem a la secció de novel·la negra. Necessito uns quants llibres sobre el tercer món i sobre la teologia de l'alliberament.

Si és que un es queda sense aire per respirar! Mentre jo era amb el papa a la llibreria (he adquirit disset centímetres de lectura intel·ligent), la mare d'en Pummel ha telefonat a casa nostra i ha demanat la meva mà per a les vacances d'agost. S'alegraria enormement de poder emportar-se'm a Lesbos, totalment convidada, amb l'avió i tota la resta.

I la meva bona senyora mare ha dit en lloc meu que, segons la seva opinió, jo acceptaria encantada. S'ha d'anul·lar sigui com sigui! Però de manera que en Pummel no pugui notar que jo no vull, perquè no el vull ofendre. La mama m'ha promès que demà telefonarà des de l'oficina a la mare-Pummel. Li dirà que el papa hi està estrictament en contra. Al papa li importa un rave si la família Pummel el considera un patriarca a l'antiga.

Dijous 10 de juliol

Demà a les 22 hores l'Stefan sortirà de l'estació de l'est. I jo marxaré ja a les quatre de la tarda. Volia ajornar la nostra sortida fins a dissabte per poder acompanyar l'Stefan a l'estació. Però el papa ha reservat les habitacions de l'hotel per a dissabte i no vol haver de pagar un dia sense haver-nos-hi allotjat. Quin garrepa!

Farem tot el recorregut sense cap interrupció. El papa i la mama faran torns darrere del volant. Em fa por que el papa no consenti que la mama el porti. Una vegada, ja fa uns quants anys, va baixar fins i tot del cotxe al mig de la carretera i va dir: «No deixaré que em condueixis cap a la mort!» I això que el papa ja porta al darrere dos accidents dels quals ell mateix es va declarar culpable. I la mama, en qüestió d'accidents, encara s'ha d'estrenar.

La mama s'ha oblidat de telefonar a la mare-Pummel perquè a l'oficina estan ofegats de feina. Cada any abans de les vacances passa el mateix. Llavors la pobra s'ha de matar treballant davant d'una taula farcida de monstruositats.

Ara intenta, des de fa dues hores, de localitzar la mare-Pummel. Però no és a casa. En Pummel i el pare-Pummel també són a fora. Només hi ha la majordoma i no sap quan tornaran els «senyors».

Divendres 11 de juliol

Estava citada a les nou amb l'Stefan a la parada. Volíem anar al bosc completament sols, per acomiadar-nos. L'he esperat fins a dos quarts de deu. Llavors me n'he tornat cap a casa. Naturalment només m'hagués calgut travessar el carrer, entrar a casa seva i pujar les escales fins a la porta de casa seva i preguntar per ell per saber què havia passat. Però jo, cul de mico, no m'hi he atrevit!

A les onze he telefonat a casa seva. La seva mare m'ha dit que no era a casa, però he pogut sentir clarament una veu infantil que preguntava al fons: «Com és això? Però si l'Steffi és a la seva habitació!»

Estic plorant des de fa tres hores. El meu nas sembla un botó vermell i gros i les meves parpelles són com erugues roses. Que a l'Stefan ja no li agradi jo d'un dia a l'altre, queda completament exclòs! Jo no li he fet res. I encara ahir em vaig sentir tan bé amb ell!

I si fos per allò de la dutxa? De tota manera no era pas propi de mi. Però jo no ho vaig considerar vulgar. L'Stefan i jo vam voler lligar les roses del jardí del davant perquè estan molt atapeïdes i pengen mur avall. Jo vaig pujar a l'escala però l'escala va relliscar perquè el terra, per culpa de la pluja, encara era molt enfangat i entollat i jo vaig saltar i vaig anar a aterrar a les escombraries. Així que vaig anar a la cambra de bany per dutxar-me. Vaig deixar oberta la porta del bany. I vaig cridar l'Stefan perquè m'acostés el sabó. I quan va ser a la cambra de bany el vaig convidar a dutxar-se amb mi. No volia. Llavors vaig agafar el mànec de la dutxa i el vaig esquitxar completament. Estava xop. Es va treure les sabates i amb roba i tot va entrar a la banyera i va dir que ara m'ofegaria. Jo estava tan sabonosa i tan relliscosa que no em va poder agafar. Vam rodolar i vam caure al terra de la banyera. De sobte vaig sentir l'irresistible desig de sentir la pell de l'Stefan sobre la meva. Sense roba per entremig. No sé exactament com va passar que de cop i volta ell també estava despullat. I tampoc no sé exactament què hauria passat si no haguessin trucat a la porta. I com que la porta no callava vaig sortir de la banyera, em vaig posar el barnús i vaig anar fins a la porta. L'Ullreich, la modista de la mama, era a la porta i portava el vestit d'estiu de la mama. Quan per fi em vaig poder lliurar de l'Ullreich, que no va ser tan senzill perquè volia fer petar la xerrada, l'Stefan seia a la terrassa mocant-se i pentinant-se amb una tovallola al voltant de la cintura.

Els seus pantalons i la seva camisa penjaven a la barana perquè s'eixuguessin.

Em va dir: «Si us plau, no ho tornis a fer, Julia. No sóc per cert un adolescent de ferro colat.»

I jo li vaig contestar insolent: «Doncs per què no t'entrenes per esdevenir-ne un?»

Però després tot va tornar a ser o.k. entre nosaltres! I abans d'anar-se'n encara va dir que necessitava per avui una fotografia meva. Sense ella no podria resistir la llarga separació.

No me'n puc anar de vacances sense tornar a veure una vegada l'Stefan! Li telefonaré!

Fa un moment, quan he entrat a la sala d'estar per anar al telèfon, he vist que l'Stefan anava cap a la porta del jardí. El meu cor ha fet un salt de perxa, he corregut a la porta de casa, l'he oberta bruscament i he cridat: «Stefan, per fi!»

Però l'Stefan no ha entrat al jardí, ha deixat una carta a la bústia de la porta del jardí, s'ha girat i se n'ha anat. He tornat a cridar: «Stefan!» Ell caminava més de pressa. He corregut darrere d'ell, l'he atrapat a la cantonada i he ploriquejat: «Però què passa?» En el mateix moment que ho deia he abaixat el cap perquè no em veiés la cara tan monstruosa que tenia de plorar.

Primer ha dit: «Res de res», però després ha afegit: «Estic molt trist.» I ha volgut continuar el camí. L'he retingut pel braç però ell simplement s'ha desempellegat de la meva mà i ha arrencat a córrer.

M'he quedat plorant a la cantonada con un estaquirot fins que la Berger ha vingut carrer amunt. Llavors me n'he tornat corrents perquè no necessito que tot el barri comparteixi el meu dolor.

La carta que l'Stefan ha deixat a la bústia no diu res que jo pugui entendre. Ell està desil·lusionat de mi, ha d'arrencar del seu cor l'amor que sent per mi. No s'hauria imaginat mai, que jo fos tan vulgar i que ell només fos per a mi una joguina. I em desitja tota mena de felicitats per al futur.

Què deu voler dir, això? Què deu voler dir això? Què deu voler dir això?

Diumenge 13 de juliol

Estic asseguda al balcó de la meva habitació. Sota meu, al jardí de l'hotel la mama està asseguda en una gandula i beu una taronjada amb Campari. Es veu que el papa ha anat a passejar (a casa la Windisch, suposo). Però tot m'importa un rave! Estic tan embotornada i morta per dintre. No vull veure ningú. Ni tan sols el papa i la mama perquè ells també són culpables que tot s'hagi acabat entre l'Stefan i jo perquè van insistir tant que havíem de marxar a les cinc. Es van riure de mi. Per anar en contra de «criaturades» com aquesta van demostrar un aveniment molt infreqüent, i no van voler de cap manera ajornar la sortida fins a mitjanit. Jo hauria pogut ser a l'estació a les 22 hores i dir a l'Stefan que en realitat ell no és cap joguina per a mi i que sento per ell més amor que per tota la resta dels humans junts i ell ho hagués hagut de comprendre. Durant hores i hores m'he espremut el cervell! Ha de ser per culpa de la banyera! Però això no volia dir que fos una joguina per a mi! O.k., volia que em veiés despullada! I volia que ell també vingués a la banyera! Tot i que sabia que per a ell no era tan senzill. I molt honradament: Volia veure'l despullat. I volia saber fins a quin punt em cobejava. I fins a quin punt jo li agradava. Però només per poder notar si ell em mantindria present durant l'estiu. I perquè entre nosaltres hi hagués alguna cosa que ell pogués recordar quan conegués una altra noia.

Li vaig escriure tot això a l'Stefan. Ha de ser a la força una carta estúpida amb avarícia perquè el papa i la mama s'estaven de peu a la porta de la meva habitació i preguntaven contínuament: «Què, ens en podrem anar, per fi?» No vaig poder rellegir ni una sola vegada les meves guixades ploraneres. De camí ens vam aturar davant de la casa de l'Stefan. Vaig pujar escales amunt i volia deixar la carta a la bústia de la porta-SIPEK. Però la porta no tenia bústia. Així que vaig trucar i quan vaig sentir passos al rebedor vaig deixar la carta a sobre de l'estora de la porta i me'n vaig anar corrents.

M'agradaria ser morta.

Dilluns 14 de juliol

Per què ningú no em deixa en pau? Per què em volen convèncer que vagi a dinar, i a banyar-me, i a prendre el sol a la platja i a passejar? Per què no em deixen almenys la meva pena? Si el papa o la mama vénen en les pròximes hores a picar a la porta de la meva habitació, els llançaré, els llançaré el mobiliari de l'hotel! Ho ben juro!

(Es veu que el meu humor repercuteix positivament en els meus progenitors. La mama i el papa estan molt afables l'un amb l'altre.)

He estat a baix a la platja. Sola. M'he assegut en una roca i he mirat el cel estrellat i he deixat que el vent em bufés a la cara. Ja no puc ni tan sols plorar més. I tampoc no he trobat la meva pau sobre la roca. Un jovenet estúpid ha vingut cap a mi i m'ha començat a atabalar en italià. M'hauria estimat més donar-li un bolet! Però només m'he aixecat i he tornat cap a l'hotel.

El noi estúpid gambejava al meu darrere. He entrat al vestíbul de l'hotel. No volia anar encara a l'habitació. Per por que pogués venir la mama una altra vegada i «m'animés».

El noi estúpid ha entrat al vestíbul darrere meu i continuava la seva xerrameca. Li he esbufegat: «Deixa'm en pau, idiota», però no m'ha fet gens ni mica de cas. Continuava garlant i volia passar-me el braç pel voltant de les espatlles. Llavors he vist assegut a la sala de jocs, al costat de la televisió, el trosdebèstia. M'ha fet senyes. He corregut cap a ell, m'hi he assegut al costat i he dit: «Salva'm del monstre!»

«I com?», ha preguntat el trosdebèstia. Però un consell ja resultava superflu perquè quan el noi estúpid ha vist que parlava amb el trosdebèstia ha girat cua i ha sortit del vestíbul.

No estava d'humor per desplegar una conversa amb el trosdebèstia, però tampoc no volia ser descortesa. «També viviu aquí, ara?», he preguntat.

El trosdebèstia ha sacsejat el cap. «T'esperava des de fa una hora», ha dit. «La meva mare ha anat a sopar amb el teu pare. No volia destorbar la teva plàcida intimitat.» I després el trosdebèstia m'ha explicat que la seva mare li havia donat diners per anar a sopar una pizza i que havia volgut doblar els diners a les màquines de joc per poder-se permetre un menú del dia en lloc d'una pizza. Però malauradament no li havia sortit bé. Havia perdut els diners del sopar. I després s'ha arrossegat amunt i avall i s'ha avorrit «com un porc pudent» i llavors se li ha acudit la idea de buscar-me i preguntar-me si jo estava avorrida de manera semblant i que per què no ficavem els nostres respectius avorriments «en un paquet» i amb aquest fi ens n'anavem junts a aconseguir algun nodriment. «Però probablement tu ja t'has alimentat», ha dit preocupat.

«No ho he fet», he dit. I sorprenentment he sentit una mica de gana. Això vol dir: He sentit una mica de nàusees. Però eren de gana. Al cap i a la fi no havia menjat gairebé res des de divendres al matí.

«Tens diners?», ha preguntat el trosdebèstia.

No portava diners a sobre. Però he convidat el trosdebèstia a anar al menjador. Com a clienta de l'hotel puc anar a menjar sense diners i fer-ho apuntar tot a la factura de l'habitació. Acabava de fer-li aquesta proposició al trosdebèstia quan la mama ha sortit del menjador amb dues senyores i tres senyors. Reien i parlaven i han travessat el vestíbul en diagonal per davant nostre, cap al jardí de l'hotel. La mama no m'ha vist ni una sola vegada! I jo que m'havia preocupat per ella. Que la meva absència de gana no li tragués la seva!

Al menjador he demanat només un filet petit i una coca-cola, però el trosdebèstia s'ha convertit en un trosdegolut i s'ha farcit l'estómac amb meló amb pernil i peix i filet i tiramisú, i de passada ha tornat a insultar la seva mare i els seus avis. Quan m'acabava de preguntar quines qualitats positives té el meu pare per tenir tan «colada» la seva mare, la mama ha entrat al menjador amb la cara radiant, ha corregut cap a nosaltres i m'ha dit: «Vuit setmanes ha estat la granota tan malalta, ara torna a cantar, gràcies a Déu!» Realment molt delicada!

Llavors ha mirat el trosdebèstia, li ha sortit la seva arruga transversal al front i s'ha llepat el llavi superior. Es veia clarament que pensava: Conec aquest noi d'alguna cosa? On el puc situar?

Llavors la mama s'ha assegut espontàniament a la nostra taula i ha dit al trosdebèstia: «Sóc la mama de la Julia.»

El trosdebèstia ha assentit amb el cap i ha dit: «Sóc en Nikolaus Windisch!»

O.k.! Ara ja ho sabia. I a mi m'importava un rave! Estic tan ensorrada i sense vida que no m'excita que la mama pugui considerar tot això com un «joc preconcebut» i probablement creu que jo hi estic «implicada» des de bon començament. Segur que s'ho pensa! Si no per què hauria d'haver estat jo asseguda sopant amb el trosdebèstia?

La mama no ha deixat entreveure res. Ha preguntat al trosdebèstia on s'allotjava. I com està la mama? I quan de temps feia que era aquí? I coses per l'estil. Tot ha resultat completament normal. Però què passarà amb mi? Res de res! No tinc l'estat d'ànim adequat per preocupar-me dels problemes dels altres.

PS:

La mama s'ha quedat una estona amb mi a l'habitació. M'ha dit que la veritat és que li ho hauria pogut comunicar, en el cas que jo ho hagués sabut per endavant. No li ho he desmentit. Li he dit que tenia por que les vacances poguessin anar enlaire. Perquè abans encara estava interessada en les vacances. Ara, li he dit, m'hauria anat molt bé si les vacances haguessin anat enlaire. Estaria molt millor a casa sola amb la meva pena. Estar trista entremig d'estiuejants tan descaradament feliços és encara més nociu. La mama no m'ha deixat en pau. M'ha burxat i burxat. I quan ja era massa tard i quan ja estava massa cansada per oferir resistència li ho he explicat tot. Fins i tot la història de la dutxa. No m'ha dit gran cosa més que: «Sí, sí, nosaltres les dones no ho tenim fàcil.» Però m'ha acariciat. I m'ha dit que considerava l'Stefan un noi adorable i que segur que no s'havia acabat tot. No s'ho creu.

Però d'alguna manera ara estic una mica més calmada.

Dimarts 15 de juliol

He participat en un esmorzar de pare-mare-nena. La mama ha pres el pèl al papa. Li ha dit que era molt amable per part seva de brindar-li com a sorpresa estiuenca una estimada, vella amiga. El papa ha explicat que no ho havia pogut evitar! La Windisch se li havia pujat al damunt! Llavors la mama s'ha posat frenètica i traient foc pels queixals ha dit al papa que era un *macho* i que tingués la deferència de no parlar de les dones amb aquesta reticència i mala fe. I llavors li ha exigit l'adreça de la Windisch. «No sóc una adolescent idiota», ha dit. «Ja que la Käthe és aquí, jo també em citaré amb ella! L'única cosa que permanentment va destorbar la nostra amistat vas ser tu, apreciat senyor! I com que ara cap pretensió eròtica no em lliga a tu, res no m'impedeix de tornar-me a avenir amb la Käthe.»

La mama se n'ha anat i jo he baixat a la platja amb el papa. Allí ens hem trobat amb el trosdebèstia i després hem anat plegats a dinar. Camí de la pizzeria hem vist la mama i la Käthe. Seien en una terrassa d'un bar i fumaven i bevien cafè i xerraven.

El papa ha estat tota l'estona com nerviós i desconcertat.

Li he preguntat si li molestava haver trobat la mama i la Windisch. Només ha sospirat. No ha dit res. Ara intentaré fer una migdiada. Tant de bo em surti bé. Quan estàs dormint, almenys no tens cap pena.

La pura pena em predisposa a tenir al·lucinacions. Després de la migdiada —durant la qual he somniat meravellosament bé en l'Stefan— he anat a recórrer una mica el poble. A baix, a la plaça de l'església petita, he volgut travessar el carrer per anar al moll i he hagut d'esperar perquè els cotxes circulaven en doble direcció i cada vegada que ho intentava em tocaven la botzina. I llavors m'ha passat pel davant un autobús i he vist a dintre, darrere de la porta tancada, l'Stefan. I mitja hora més tard, quan tornava del moll, perquè ja m'havia atabalat una altra vegada una dotzena de nois estúpids, m'ha semblat veure l'Stefan a les fonts que hi ha darrere del mercat, bevent aigua!

M'hauria agradat més passar la tarda sola a la meva habitació, però prefereixo fer alguna cosa amb el papa o amb la mama. Si no tornaran a venir les al·lucinacions.

Precisament he sabut que avui hi haurà un sopar de pare-mare-nena-amant-fill. M'ho ha dit la mama. Estava força assossegada.

«Em pensava», li he dit, «que no t'agradava aquesta Käthe Windisch».

«No, bé», ha dit la mama. «Els nostres conflictes ja són aigua passada.»

Sorprenent, molt sorprenent!

Dimecres 16 de juliol

6 hores:
No puc dormir més. Fa una calor sufocant. Tota la nit ha estat un turment infernal. Primer una banda de veterans tocava aquí al costat, després en algun lloc molt proper al meu balcó algú ha intentat engegar la seva moto durant una hora. Després n'hi ha hagut dos que es passejaven cridant pel passadís de l'hotel i uns altres dos que bramaven: «Silenci, si us plau!», i ara per la porta del balcó entra de no sé on una olor absolutament perversa de no sé què. I el meu llit està amarat de suor. M'aixecaré i baixaré a la platja. Segur que allí no hi ha ningú. Ni tan sols un noi inoportú. Una platja solitària és el que necessita el meu estat d'ànim.

8 hores:
M'he anat a banyar. Es veu que la mama i el papa encara dormen. Pel que vaig poder deduir al sopar d'anit avui hi haurà una gran excursió familiar. Amb vaixell. Però sense mi! Ja em costa prou esforç prendre part en els àpats comunitaris sense fer el paper de ploramiques malalta d'amor però somrient.

10 hores:
Papa, mama, Käthe W. i trosdebèstia s'han posat en marxa. El trosdebèstia tampoc no volia anar-hi. Volia quedar-se amb mi. Però li he deixat clar que no sóc sociable. El pobre noi no és tan imbècil. Ho ha acceptat sense ofendre's.

La mama i la Käthe es comporten d'una manera bastant particular. Directament han començat a criticar i censurar el papa. Ben bé: el típic home! I: Nosaltres dues sabem prou bé com les gasta.

Dramàtic, dramàtic!

12 hores:

He fet una volta pel poble però he tornat de seguida perquè fa una xafogor horrible. Cada pas costa més esforç que l'anterior.

El porter de l'hotel m'ha notificat que algú havia preguntat per mi. Es deu tractar d'una confusió. O potser el camí fins al vaixell ja ha estat suficient al trosdebèstia per comprovar que no podria resistir el viatge amb els tres senyors. Almenys el meu estat desconsolat és beneficiós per a la meva figura. M'ha marxat tot el greix. Abans quan tenia alguna pena sempre devorava. Devorava com un elefant. Però es tractava de penes infantils, insignificants.

14 hores:

Trona i llampega i plou. Tant de bo que no ho faci allà on el papa i la mama són amb el vaixell. Les tempestes al mar poden ser horroroses. I la mama té una por exagerada a les tempestes.

16 hores:

La tempesta ha marxat. Ja no fa tampoc tanta xafogor i gairebé que ja no hi ha núvols. M'hauria de rentar els cabells. Els tinc salats i esbullats. Qui està desconsolat no ha de tenir un aspecte desconsolat.

Sona el telèfon.

«L'esperen al vestíbul», ha dit el porter.

Qui pot esperar-me, per Déu?

I si hagués passat alguna cosa al vaixell on anaven el papa i la mama?

Dijous 17 de juliol

El cel té un blau espatarrant, el mar rodola sobre la sorra aixecant muntanyes d'escuma i molts núvols petits blancs com la neu passen davant del sol. Passen molt de pressa. Una vegada llueix el sol, de seguida hi ha ombra i llavors torna a fer sol.

El trosdebèstia juga amb el papa al disc volador i el papa s'escarrassa d'allò més. No vol perdre. La mama i la Käthe W. seuen sobre unes roques grans i xerren i xerren i xerren com si volguessin recuperar una dècada perduda en el silenci. (Aquí es torna. A veure fins a on pot arribar la ximpleria humana! Amb tots els recels que jo tenia! I ara, si això continua així, encara fundaran entre totes dues una lliga feminista.)

Estic estirada a la sorra de bocaterrosa i escric. Escric avui tot el que va passar ahir.

El telèfon va sonar i el porter em va dir que m'esperaven al vestíbul. Vaig anar cap avall amb l'ascensor i els genolls em tremolaven. M'imaginava que devia haver passat alguna cosa terrible. Alguna cosa relacionada amb els trons i amb els llamps i amb el mal temps i amb el papa i amb la mama i amb el vaixell. I ara, pensava, la policía marítima —o algú semblant— m'espera al vestíbul per donar-me el condol.

I llavors s'obre l'ascensor i davant meu em trobo l'Stefan. En tres dimensions, sense que fos una al·lucinació! Les cames em van fer figa. No vaig poder dir res. Les orelles em xiulaven.

«T'he buscat des d'ahir al migdia», va dir l'Stefan. «Ja

he registrat deu hotels i vint pensions i tres dotzenes d'habitacions particulars.»

Llavors va venir gent que volia pujar a l'ascensor. Estàvem al bell mig del seu camí. Un home gras em va treure del mig d'un cop de puny. Una dona va preguntar: «No us podríeu contemplar en un indret més apropiat?»

Vam anar a parar al jardí de l'hotel.

«Ja era dalt del tren», va dir l'Stefan. «Però ja no tenia ganes d'anar a Espanya.»

Ens vam asseure en un banc darrere la piscina. «He llegit la teva carta centenars de vegades», va dir l'Stefan. «I no he entès res.»

Vaig repenjar el cap sobre l'espatlla de l'Stefan i no vaig poder per menys que plorar.

«Ho sento», va dir l'Stefan. «Malauradament sóc gelós. No hi puc fer res.»

L'Stefan va besar els meus cabells. Li van haver de semblar terriblement salats.

«Només calia que em diguessis», va dir l'Stefan, «que m'havia d'informar per en Gustav...»

Em vaig eixugar els ulls i el nas amb l'espatlla de l'Stefan. No em vaig consentir plorar més perquè plorar pot posar molt lleig.

«Com que el noi feia el fatxenda triomfalment a costa teva», va dir l'Stefan, «em va trastocar completament!»

Jo em vaig asseure dreta com un pal i vaig mirar l'Stefan fixament i vaig obrir bruscament la boca.

«T'estimo tan bojament», va dir l'Stefan. «Però no puc aconseguir tan fàcilment sentir-me feliç per les maravelloses vacances que tindràs a l'agost amb en Gustav a Grècia. *Sorry.*»

Molt profundament en el cor de la meva ànima dec ser com una tieta cursi. En lloc de somriure de satisfacció em van tornar a rodolar llàgrimes per les galtes. Autèntiques llàgrimes dolces i salades de felicitat com les que fins ara només havia vist a la tia Erika, que no plora quan veu un cadàver al cine, sinó als casaments.

L'Stefan està estirat al costat meu. Em repassa la cintura amb el cap de banda a banda. I ara em mossega tot el voltant del maluc. Quan torni a casa, acaba de dir, es barallarà de valent amb en Gustav perquè té tota la culpa que m'hagi causat aquesta pena.

No estic enfadada amb en Pummel. Probablement ell va creure realment que jo aniria a Grècia amb ell. Potser encara ho creu ara. La mama no es va recordar d'anul·lar la seva promesa de vacances abans de marxar. I a més: Quan a algú li van tan bé les coses com a mi ara seria un porc si s'enfadava amb un altre.

L'Stefan vol anar a l'aigua. Si no, diu que m'haurà de fer un petó completament salvatge. I en presència d'un senyor papa que juga al disc volador i d'una senyora mama tafanera no s'hi atreveix. Jo em quedo aquí. Però abans que l'Stefan no vagi a l'aigua m'haurà de posar una pedra a sobre el cul. Una de ben grossa, de ben pesant. Perquè no me'n vagi volant. Estic tan lleugera com un globus, de felicitat.

L'ESPARVER

1. *Jules Verne, EL CASTELL DELS CARPATS*
2. *Emilio Salgari, EL CORSARI NEGRE*
3. *Jules Verne, VINT MIL LLEGÜES DE VIATGE SUBMARÍ*
4. *Mark Twain, LES AVENTURES D'EN HUCKLEBERRY FINN*
5. *Jack London, LA CRIDA DEL BOSC*
6. *Manuel de Pedrolo, DOMICILI PROVISIONAL*
7. *H.G. Wells, L'HOME INVISIBLE*
8. *Edgar Allan Poe, LES AVENTURES D'ARTHUR GORDON PYM*
9. *Anna-Greta Winberg, QUAN UN TOCA EL DOS*
10. *Lleó Tolstoi, HISTÒRIA D'UN CAVALL*
11. *Joaquim Soler, EL FANTASMA DEL FLUVIÀ*
12. *Agustí Alcoberro, EL SECRET DEL DOCTOR GIVERT*
13. *Mary Rodgers, QUIN DIA TAN BÈSTIA!*
14. *Xavier Fàbregas, L'ENCALÇ*
15. *Mark Twain, LES AVENTURES DE TOM SAWYER*
16. *John Wyndham, EL DIA DELS TRÍFIDS*
17. *R. L. Stevenson, LES AVENTURES DE DAVID BALFOUR*
18. *Lennart Frick, L'AMENAÇA*
19. *Daniel Defoe, ROBINSON CRUSOE*
20. *R. L. Stevenson, EL CAS MISTERIÓS DEL DOCTOR JEKYLL I MISTER HYDE*
21. *Edgar Allan Poe, L'ESCARABAT D'OR*
22. *Felice Holman, EL ROBINSON DEL METRO*
23. *Mercè Canela, LLUNA DE TARDOR*
24. *H. G. Wells, L'ILLA DEL DOCTOR MOREAU*
25. *Mary W. Shelley, FRANKENSTEIN*
26. *J. R. R. Tolkien, EL HÒBBIT*
27. *Joaquim Carbó, OPERACIÓ BORINOT*
28. *Jules Verne, DOS ANYS DE VACANCES*
29. *A. von Chamisso, LA MERAVELLOSA HISTÒRIA DE PETER SCHLÈMIHL*
30. *Peter Härtling, LA IAIA*
31. *Jules Renard, PÈL ROIG*
32. *Sir Arthur Conan Doyle, EL MÓN PERDUT*
33. *Pep Albanell, DOLOR DE ROSA*
34. *Henry Rider Haggard, LES MINES DEL REI SALOMÓ*
35. *Alexandre Dumas, ELS TRES MOSQUETERS*
36. *G.A. Bürger, LES AVENTURES DEL BARÓ DE MÜNCHHAUSEN*
37. *Lleó Tolstoi, AMO I CRIAT*
38. *Blaise Cendrars, L'OR*
39. *Joaquim Carbó, CALIDOSCOPI DE L'AIGUA I DEL SOL*
40. *Hans Peter Richter, EL MEU AMIC FRIEDRICH*
41. *Pere Verdaguer, ÀXON*
42. *Lois Lowry, UN ESTIU PER MORIR*

43. *Jack London*, EL CREUER DEL DAZZLER
44. *Italo Calvino*, MARCOVALDO
45. *James Fenimore Cooper*, EL DARRER DELS MOHICANS
46. *Mary Rodgers*, LA TELE BOJA
47. *Maite Carranza*, OSTRES TU, QUIN CACAU!
48. *Emilio Salgari*, IOLANDA, LA FILLA DEL CORSARI NEGRE
49. *Luigi Malerba*, CONTES DE BUTXACA
50. *Anna-Greta Winberg*, TOT D'UN PLEGAT
51. *Georges Arnaud*, EL SALARI DE LA POR
52. *Rudyard Kipling*, KIM
53. *Mary Rodgers*, UN ESTIU CAPGIRAT
54. *Vercors*, EL SILENCI DEL MAR
55. *Margaret Mahy*, L'EMBRUIXAMENT
56. *Jules Verne*, CINC SETMANES AMB GLOBUS
57. *Maite Carranza*, LA INSÒLITA CAMPANYA
58. *Mark Twain*, TOM SAWYER, DETECTIU
60. *Toni Bentley*, TEMPORADA D'HIVERN
61. *Jack London*, ULLAL BLANC
62. *Peter Bichsel*, AMÈRICA NO EXISTEIX
63. *Jules Verne*, MIQUEL STROGOFF
64. *Robert Swindells*, GERMÀ DE LA TERRA
65. *Isaac Asimov*, LA FI DE L'ETERNITAT
66. *Rafik Schami*, UNA MÀ PLENA D'ESTELS
67. *Anna-Greta Winberg*, AU, NO SIGUIS CRIATURA!
68. *Asimov i altres*, JOVES FANTASMES
69. *V. Korolenko*, EL DIA DEL JUDICI
70. *Christine Nöstlinger*, EL DIARI DE JÚLIA
71. *Giorgio Nilved*, MISSATGE DE BELFAST
72. *Ursula K. Le Guin*, MOLT LLUNY DE QUALSEVOL ALTRE LLOC
73. *Didier Cohen*, PER UN GRAPAT DE CARAMELS
74. *David Mathieson*, SOLA EN UNA ROCA PERDUDA
75. *Asimov i altres*, JOVES MONSTRES
76. *Salvador Comelles*, UN DESEMBRE CONGELAT I ALTRES CONTES
77. *Roald Dahl*, EN JAMES I EL PRÉSSEC GEGANT
78. *R. L. Stevenson*, LA FLETXA NEGRA
79. *Mercè Canela*, EL RASTRE DE LES BOMBOLLES
80. *Pep Albanell*, EL BARCELONAUTA
81. *Tomeu Terrades*, DE LA RAÇA DELS DÉUS, DE LA RAÇA DELS HOMES
82. *Margaret Mahy*, L'ESTRAFOLARI VIATGE DELS PIRATES
83. *Andreu Martín i Jaume Ribera*, NO DEMANIS LLOBARRO FORA DE TEMPORADA
84. *Jess R. Moransee*, ELS HOMENETS VERDS
85. *Oriol Vergés*, EN JOANOT I EN TIRANT, DE CAVALLER A CAVALLER
86. *Andreu Martín i Jaume Ribera*, TOTS ELS DETECTIUS ES DIUEN FLANAGAN

87. *Montserrat Beltran, ON SÓN LES CLAUS?*
88. *Josep Altimir, LA TINTA DEL CALAMAR*
89. *Salvador Comelles, SET CONTES PER A REGAL*
90. *Ivan Tubau, PROJECTE SNOOPY*
91. *Montserrat Canela, LES FLORS SALVATGES*
92. *Tomeu Terrades, RELATS DEL LLIBRE PRIMER*
93. *Lois Lowry, UNA GERMANA PER A RABBLE*
94. *Andreu Martín i Jaume Ribera, EL CARTER TRUCA MIL VEGADES*
95. *Rafik Schami, ELS NARRADORS DE LA NIT*
96. *Margaret Mahy, SANG I FETGE AL PIC DE L'HURACÀ*
97. *Maite Carranza, EL FERRI DE LES GALÀXIES*
98. *Montserrat Canela, EL CERCLE D'OROBOROS*
99. *Tomeu Terrades, TROIA, ENLLÀ DEL MAR*
100. *Selma Lagerlöf, EL VIATGE MERAVELLÓS D'EN NILS HOLGERSSON PER SUÈCIA*
101. *Andreu Martín, DRAC DE PAPER*
102. *Anna-Greta Winberg, SOLA A CIUTAT*
103. *Robert Swindells, HABITACIÓ 13*
104. *Reinhard Burger, EL VENT I LES ESTRELLES*
105. *Pep Albanell, FANTASIES AUXILIARS ADMINISTRATIVES*
106. *Tomeu Terrades, TINDREU UNA NOVA TERRA*
107. *Jaume Fuster, ANNA I EL DETECTIU*
108. *Lois Lowry, POTS COMPTAR ELS ESTELS?*
109. *Margaret Mahy, ROBOTS ROVELLATS I ONCLES EIXELEBRATS*
110. *Andreu Martín i Jaume Ribera, NO TE'N RENTIS LES MANS, FLANAGAN*
111. *Robert Swindells, UNA DENT DE SERP*
112. *Andreu Martín, ZERO A L'ESQUERRA*
113. *Wolfgang Rudelius, EN CARBASSÓ*
114. *Diversos, I PREMI L'ESPARVER 1993*
115. *Mikhail Bulgàkov, OUS FATALS*
116. *Tomeu Terrades, RETORN A ÍTACA*
117. *Jules Verne, ESCOLA DE ROBINSONS*
118. *Meident DeJong, LA CASA DELS SEIXANTA PARES*
119. *Robert Swindells, HIDRA*
120. *Diversos, II PREMI L'ESPARVER, 1994*
121. *Pere Morey, AL COMENÇAMENT FOU EL FOC*
122. *Pere Morey, LES PEDRES QUE SUREN*
123. *Christine Nöstlinger, COM DUES GOTES D'AIGUA*
124. *Tomeu Terrades, COSES DEL MARIO*
125. *Anna-Greta Winberg, EM DIUEN NINNA*